CW01661479

Provence

Linda van Rijn

Provence

Thriller

uitgeverij marmer

Proloog

ER KLOPTE HELEMAAL NIETS VAN. HET GOUDGELE licht van de zon, de beige huisjes van het kleine dorpje dat opdoemde, de uitgestrekte paarse lavendelvelden die zich aan de linkerkant van de weg uitstrekten. Te hard reed Nadia het dorpje in. Voor een stoplicht op een verlaten kruising trapte ze op de rem. Op het verzakte trottoir strekte een zwarte kat zich loom uit. Niets of niemand leek hier haast te hebben. Niemand, behalve zij.

Ze keek naar haar handen, waarmee ze het stuur omklemde. De knokkels waren wit van het knijpen. De vingers deden pijn. Het roffelen van haar hart werd niet minder en ongeduldig keek ze naar het rode licht. Op de kruisende weg was geen enkel voertuig te bekennen. Toch weerstond ze de verleiding om gas te geven. Het laatste waarop ze nu zat te wachten was een ongeluk. Geen aandacht trekken. Stilletjes naar huis rijden. Nooit meer terugkeren.

De auto schoot bokkend naar voren toen het licht op groen sprong en ze het gaspedaal intrapte. Rustig blijven, maande ze zichzelf opnieuw. Maar haar lichaam leek niet te horen wat haar gedachten zeiden. Haar lichaam wilde alleen maar vluchten.

Ze reed het dorpje uit – woonde er überhaupt iemand? – en verhoogde haar snelheid. Je mocht hier tachtig. Ze dwong zichzelf de cruisecontrol aan te zetten, al voelde het alsof de auto in slakkengang vooruitkroop. Een tegenligger kwam haar tegemoet. Haar hart miste een paar slagen toen ze zag dat het een politieauto was. Ze hapte naar lucht. Hadden ze... Dus toch...

Haar handen gleden bijna van het stuur toen de auto haar passeerde. Ze draaide haar gezicht weg. In haar achteruitkijkspiegel controleerde ze nerveus of de auto niet omkeerde. Eén keer keek ze, twee keer... Uiteindelijk verdween de wagen, het dorpje in. Nadia haalde diep adem, maar opluchting bleef uit. Het kon niet goed gaan.

De ingeblikte vrouwenstem van het navigatiesysteem droeg haar op om rechtsaf te slaan. Nadia haalde haar voet van het gaspedaal. Op een ander moment, in een ander universum, zou ze misschien oog hebben gehad voor de wijngaarden in de brandende middagzon. Het chateau in de verte, waarvan de naam waarschijnlijk in zwierige letters op etiketten gedrukt stond. De bergen verderop, zoveel schakeringen van groen, badend in het licht.

Maar oog daarvoor had ze niet. A8 stond er op een bord en ze nam de bocht te hard. De snelweg, het noorden, naar huis, dat was het enige wat ze wilde.

'Mama?' Naast haar klonk een slaperige kinderstem. Nadia stak haar hand uit en raakte even het been van haar dochter aan. Romée knipperde tegen het licht. Ze was meteen bij het vertrek uit het hotel in slaap gevallen. Niet vreemd ook, na wat er vannacht was gebeurd. 'Waar zijn we?'

'Onderweg naar huis, lieverd', zei Nadia en ze voelde haar keel dik worden bij dat woord. Huis.

Er was geen plek op de wereld waarnaar ze nu meer verlangde. Ze had hier nooit moeten komen. Zich nooit met deze mensen moeten inlaten...

Hoofdstuk 1

HOEWEL HET NOG MIDDAG MOEST WORDEN, brandde de zon op haar hoofd en wilde Nadia Schutte dat ze een hoed had opgezet, zoals veel andere gasten wel hadden gedaan. Ze keek om zich heen in de enorme tuin van het al net zo enorme kasteel en voelde zich een tikje underdressed. En dat ondanks de belachelijk dure jurk waarvan ze zich verplicht had gevoeld die aan te schaffen. Dat sloeg nergens op, dat wist ze zelf ook wel. Op de uitnodiging had immers duidelijk gestaan dat het bruidspaar de bruiloft graag casual wilde houden, al had Nadia moeite dat te rijmen met de weelderige – en zo te zien peperdure – bloemstukken, het speciaal voor de gelegenheid neergezette trouw-prieeltje en de twee met bladgoud beklede stoelen die eronder stonden. Er was niets casuals te bekennen in de hele setting, maar gezien het bruidspaar zou dat haar niet moeten verbazen. Die waren immers zelf ook verre van casual.

Naast haar was Romée op haar hurken gaan zitten om een roze bloemetje te bewonderen, dat dapper door het grind heen was gegroeid. 'Kom mee', zei Nadia tegen haar dochter en trok haar aan haar hand overeind. 'We moeten deze kant op.'

'Waarom kan ik niet hier blijven als ze gaan trouwen?' vroeg Romée, bevangen door zoveel pracht en praal in de tuin. 'Ik zal heel stil zijn.'

Dat wist Nadia eigenlijk ook niet. Omdat er geen kinderen gewenst waren bij de ceremonie, maar dat antwoord wilde ze niet hardop geven. 'Het wordt vast leuk bij de oppas. Ik heb gehoord dat er een springkussen is.'

Romée, duidelijk niet overtuigd van de waarheid van haar moeders woorden, kwam langzaam overeind. 'Moet ik daar lang blijven?'

Als het aan mij ligt niet, wilde Nadia zeggen, maar ze antwoordde: 'Als Leila en Bram getrouwd zijn, mogen jullie met z'n allen de rozenblaadjes gooien en daarna gaan jullie nog spelen en eten en vanavond brengt een van de nanny's je naar bed.'

'Ik wil dat jij mij naar bed brengt.'

'Kijk daar!' wees Nadia, toen ze de hoek om waren geslagen en niet één, maar twee springkussens in het zicht kregen. Eentje in de vorm, en kleuren, van een prinsessenkasteel en eentje vol met afbeeldingen van ridders en draken. De speeltoestellen bewogen wild heen en weer door de kinderen die er al op stonden te springen. 'Wauw', zei Romée en ze leek al vergeten te zijn dat ze hier niet naartoe wilde.

Er kwam een meisje van een jaar of twintig op hen af, gestoken in een beige broek en een witte blouse met daarop een logo met het woord 'nanny' erin. Ze begroette Nadia in het Engels en stelde zich daarna voor aan Romée. Die sprak geen woord Engels, maar dat leek geen van beiden te deren en na nog een vluchtige omhelzing van haar moeder liep Romée linea recta naar de springkussens. Nadia keek haar verwonderd na. Het had bijna een jaar geduurd voor Romée zich 's ochtends zonder problemen liet overdragen aan de kleuterjuf.

'Zijn er dingen waarmee we rekening moeten houden?' vroeg de nanny, die zich als Claire had voorgesteld. Haar Franse accent droop van haar Engels af, wat eigenlijk wel charmant was.

'Dat ze geen Engels spreekt', zei Nadia, maar dat was volgens Claire geen enkel probleem.

Nadia vulde haar kamernummer en telefoonnummer in op een lijst, zette haar handtekening om ermee akkoord te gaan dat de nanny's haar dochter te eten zouden geven – zou iemand dit weigeren, vroeg ze zich vertwijfeld af – en zwaaide daarna nog even naar Romée. Haar dochter zwaaide terug, maar kwam niet van het springkussen af.

Nadia keek op haar horloge. Nog bijna drie kwartier voor het begin van de ceremonie.

Om de tijd te doden besloot ze een rondje te lopen. Ze waren gistermiddag pas aangekomen in het kasteel, al waren ze al een paar dagen in Zuid-Frankrijk. De kamerprijs in het kasteel was zo bizar hoog dat Nadia voor het geld dat ze hier voor één nacht betaalde, ergens anders drie nachten kon boeken. En van dat kleine, pittoreske hotelletje in een al even pittoresk stadje had ze enorm genoten. Romée trouwens ook, ondanks het gebrek aan een zwembad, speeltuin en al die dingen die kinderen leuk vonden. Gewoon samen struinen door de straatjes, eten op een terrasje en rondsnuffelen in typisch Zuid-Franse winkeltjes, was genoeg geweest.

Nadia keek om zich heen. Het kasteel was sprookjesachtig, de diverse tuinen eromheen perfect onderhouden. Toen ze aankwamen, had ze haar ogen bijna niet kunnen geloven. De met beige kiezels bestrooide oprijlaan werd aan weerszijden geflankeerd door glooiende lavendelvelden en aan het einde van de laan rees het kasteel dan groot en majestueus op. De zandkleurige steen van het gebouw vormde een prachtig contrast met het donkere groen van de hoge heuvel erachter. Rondom het kasteel – het hotel, eigenlijk, maar in haar hoofd bleef ze het liever het kasteel noemen – waren enkele tuinen aangelegd, waar rozen en ook weer lavendel de boventoon voerden, maar waar ook kruiden verbouwd moesten worden, aangezien de geur van lavendel werd vermengd met die van rozemarijn en tijm. Op een van die gazons stond nu alles klaar voor de trouwceremonie. Nadia wandelde over een slingerend pad tot ze uiteindelijk aan de voorkant van het kasteel uitkwam. De grote, houten deuren die in vroeger tijden als toegangspoort hadden gediend, stonden nu permanent open. Moderne schuifdeuren verschaften toegang tot de hal en de receptie. Nadia liep naar binnen en bleef even staan om te bewonderen waar ze gisteren zomaar aan voorbij was gelopen. Haar blik viel op de vele schilderijen die waren opgehangen aan de uit ongelijke stenen opgetrokken muren.

Van hoog bovenaan de trap staarde een man op haar neer. Nadia bleef staan om te kijken en vroeg zich verwonderd af waarom de man zo boos keek, tot ze zich realiseerde dat alle mannen op de schilderijen in de hal boos keken. Blijkbaar was dat in die tijd gebruikelijk geweest. Ze hadden ook allemaal een helm of wapen bij zich, en een enkeling was op een steigerend paard vereeuwigd. Een hoop vertoon van testosteron, bedacht Nadia terwijl ze in zichzelf grinnikte om de treffende gelijkenis met deze dag.

In de hal was het aangenaam koel, dankzij de airconditioning die zacht zoemde. Het rook er naar oude steen en naar bloemen, wat gezien de enorme boeketten op diverse tafels niet verwonderlijk was. Achter de receptie zat een meisje in een donkerblauw mantelpak druk op het toetsenbord van een computer te ratelen. Ze maakte een gehaaste indruk, al vroeg Nadia zich af waarom, want alle gasten voor twee nachten waren gisteren al ingecheckt en het hotel was gesloten voor mensen van buitenaf. Je moest er toch niet aan denken dat indringers – of nietsvermoedende bejaarde echtparen op zoek naar de rust van het Franse platteland – zomaar zouden opduiken op de showbizzbruiloft van het jaar.

Voor de grap had ze op internet opgezocht wat het kostte om dit kasteel voor drie dagen af te huren. Duizelingwekkend veel geld, had ze gezien, en daar kwamen het diner en feest dan nog bij. Om het nog maar niet te hebben over de dj die vanuit Ibiza was ingevlogen.

De hal was trouwens prachtig. Nu pas zag Nadia de eeuwenoude glas-in-lood ramen, en de brede trap, die zich vanaf het midden naar twee kanten uitsplitste. Ergens verwonderde het haar dat Leila die trap niet gebruikte voor een grootse entree, maar blijkbaar had ze voor iets anders gekozen, want Nadia had geen trapmoment in het draaiboek zien staan.

Het draaiboek, ja. Ze had er wat verbaasd naar gekeken toen ze het gisteren op haar kamer had gevonden. Maar het stond er echt. In het vijf pagina's tellende boekje werd precies opgesomd wanneer iedereen waar werd verwacht en wat per gelegenheid de dresscode was. Wat natuurlijk op geen enkele manier rijmde met de 'ontspannen en intieme viering van de liefde', zoals Leila en Bram hun bruiloft groots hadden aangeprezen in elk tijdschrift of showbizz-programma dat ze maar konden bedenken. De vraag was sowieso hoe intiem een feestje kon zijn als er driehonderd mensen kwamen.

Intiem was waarschijnlijk wel het privédiner gisteravond geweest, waarvoor je een aparte uitnodiging nodig had, die Nadia dan weer niet op haar kamer had gevonden. Een gegeven waarom ze geen moment had getreurd en in plaats van zich aan te sluiten bij het buffet dat voor de overige gasten in de tuin werd opgediend, was ze met Romée naar Aix-en-Provence gereden, dat op haar lijstje stond maar waar ze eerder niet aan toe waren gekomen. Daar hadden ze gegeten op een terrasje onder de blauweregen, dat zo mooi was dat Nadia voor de grap aan haar dochter had voorgesteld om naar de Provence te emigreren. Wat natuurlijk helemaal niet kon, want de – veelal bekende – klanten die ze als visagist had, hadden haar nu eenmaal in Nederland nodig en niet hier in Zuid-Frankrijk.

Romée wilde wel verhuizen, had ze al gezegd. Maar haar dochter wilde alles wat avontuur inhield. Ze was pas negen en Nadia hield soms haar hart vast voor als ze achttien was en haar eigen gang kon gaan. Wat zou ze dan gaan doen? Skydiven in Australië? De wereldzeeën bevaren in een roeiboot? Misschien had ze de invloed van de genen van een wereldreiziger in haar dochter toch wat onderschat. Ze had geen idee waar Keith, Romées vader, momenteel uithing. Ergens waar land, lucht, zee en gevaar samenkwamen, waarschijnlijk. Hij was al vijf dagen niet online geweest op WhatsApp, wat voor zijn doen niet ongewoon was.

Nadia bleef staan bij een groot schilderij met het enorme steigerende paard, waarvan de vacht glansde in de zon. Op de achtergrond beeldden een groep soldaten, een groot vuur en een cavalerie de strijd uit die kennelijk gaande was en die door de meneer op het paard ongetwijfeld beslecht zou worden in zijn voordeel. Op een bordje aan de muur las ze een naam, waarschijnlijk die van de schilder, en het jaartal 1783. Het kasteel, zo had ze eerder gelezen, stond er toen al ruim honderd jaar. Nadia hield van oude gebouwen. Ze ademden geschiedenis uit, en geheimen. Vooral geheimen. Opnieuw moest ze grinniken bij zoveel ironie dat dit nou net de trouwlocatie van Bram moest zijn.

Ze keek op haar horloge. Nog twintig minuten tot de aankomst van het bruidspaar. Ze kon maar beter naar de tuin gaan, het verzamelpunt.

'Hé lieverd.' Zodra ze door de grote, openslaande deuren de tuin betrad, kwam Jono naar haar toe. Hij was de stylist van veel van Nadia's bekende klanten en daardoor werkten ze met grote regelmaat zij aan zij bij een fotoshoot of achter de schermen bij televisieopnames. Nadia beschouwde Jono als een van haar beste vrienden in het vak. Ze begroette hem met een zoen op zijn wang, en herhaalde dat daarna bij Sebas, zijn vriend.

'Mooi', zei Jono, terwijl zijn hand rondjes draaide om haar gezicht. 'Heel subtiel.'

Nadia bracht haar hand even naar haar wang. 'Dank je wel. Mooi pak, trouwens.'

Jono en Sebas leken twee pakken te hebben gekocht en de helft te hebben uitgeruild. Allebei droegen ze een wit overhemd, de een met een grijze broek en lichtroze jasje, de ander precies andersom. Het effect was ontzettend geestig en aangezien je beide mannen sowieso kon aantrekken wat je wilde, zagen ze er fantastisch uit. 'Het is toch een beetje een netwerkborrel', zei Jono, terwijl hij wat naar haar toe boog om zijn woorden niet terecht te laten komen bij Carmen, de zus van Leila die net voorbijliep. 'Althans, zo zie ik het.'

Nadia glimlachte bij wijze van antwoord en toen spotte Jono bij de deur een van zijn oudste klanten, die ook wel bekendstond als de nestor van de vaderlandse commerciële televisie. 'Sorry schat', fluisterde hij tegen Nadia. 'Ik zie je straks.' Samen met Sebas maakte hij zich uit de voeten.

Nadia's oog viel op een groot tv-scherm, waarop een diavoorstelling van foto's van het bruidspaar werd vertoond. Het gezicht van Bram Hopman lachte haar toe, zijn blonde haar zat bestudeerd nonchalant, rond zijn blauwe ogen waren lachrimpeltjes te zien. Hij had een baardje van een dag, wat hem iets jongensachtig gaf. Daar was ze op gevallen, realiseerde Nadia zich na al die jaren nog. Dat jongensachtige. Het onbezorgde dat hij uitstraalde, het avontuurlijke. Het was niet heel ingewikkeld een patroon te zien in haar smaak voor mannen.

In zijn hand had Bram een cd-hoes met daarop zijn eigen foto, waardoor het geheel een soort droste-effect leek te krijgen. Op de hoes stond verder de naam Sam Jones, die je op z'n Amerikaans moest uitspreken. De Amerikaanse roots waar Bram zijn artiestennaam op baseerde, waren in werkelijkheid niet zo stevig, wist Nadia, maar gek genoeg leek niemand er vraagtekens bij te zetten. Het klopte dat Brams moeder Amerikaans bloed had, maar daarvoor moest je de nodige generaties terug. Elisa, Nadia's zus, had onlangs voor de lol een DNA-test gedaan via internet. Daaruit was naar voren gekomen dat zij, en Nadia dus ook, zowel Aziatisch als creools bloed door haar aderen had stromen. Als Nadia in de spiegel keek, zag ze echter een oer-Hollands gezicht, omlijst met donkerbruin haar – maar dat zei helemaal niets. Net zomin als het wat zei dat de overgrootvader van Brams moeder een Texaan was geweest. Dat maakte Bram zelf nog geen Amerikaan, maar Nadia wist ook wel dat Bram gewoon niet onder zijn eigen – in zijn ogen saaie – naam wilde optreden en de verzonnen Engelse naam wel goed vond klinken. Het vleugje afkomst dat hij erbij haalde, gaf het allemaal net wat meer aanzien. En aanzien, daar hield Bram toevallig erg veel van.

Nadia pakte een glas van het dienblad van een passerende ober en nam een slok. De vloeistof was goudkleurig en bruiste en ze durfde er, ondanks het tijdstip vroeg in de middag, niet op te vertrouwen dat er geen alcohol in zat, maar ze had dorst en op een dag als vandaag moest je niet kijken op een alcoholische versnapering meer of minder. Niet omdat het feest was, maar omdat ze de dag nu eenmaal door moest zien te komen.

'Dames en heren!' Al klappend in haar handen kwam Cécile, de weddingplanner die Leila en Bram hadden ingehuurd, de tuin in. 'Het bruidspaar zal zo meteen aankomen en het is de bedoeling dat jullie allemaal aan de voorkant van het kasteel klaar gaan staan. Mijn assistentes zullen jullie naar de juiste plek begeleiden en het is van het allergrootste belang dat iedereen de lelie paraat houdt!'

Net op dat moment kreeg Nadia een witte bloem in handen gedrukt. Ze haalde diep adem en zwaaide even naar Clarissa Jaspers, presentatrice van een showrubriek in een luchtig nieuwsprogramma en sinds kort een klant van Nadia. Clarissa stond nogal verloren in haar eentje aan de rand van de tuin en leek zo blij te zijn met het bekende gezicht, dat ze meteen met snelle passen op Nadia afkwam. Ze begroetten elkaar met twee zoenen. Dat was iets nieuws, had Nadia gemerkt. De derde werd door sommige mensen ineens en zonder waarschuwing weggelaten, wat voor ongemakkelijke situaties kon zorgen. 'Niet normaal, hè', verzuchtte Clarissa met een armgebaar naar alle pracht om hen heen. 'Leila zei al dat het heel mooi zou worden, maar dit had ik nooit verwacht.'

'Zeg dat wel', knikte Nadia. 'Het ziet er echt geweldig uit.'

'Ik ben zo benieuwd naar haar jurk.' Clarissa klonk nerveus, bijna alsof ze zelf op het punt stond in het huwelijksbootje te stappen.

'Die zal ongetwijfeld prachtig zijn.'

'Ben jij eigenlijk getrouwd?' vroeg Clarissa.

'Nee.' Nadia schudde haar hoofd.

'Verloofd? Verliefd?'

'Ook niet.' Nadia grinnikte zacht. 'Saai, hè?'

'Weet ik niet. Na twee scheidingen kan ik niet bepaald beweren dat je enorm opknapt van het huwelijk. O!' Clarissa sloeg haar hand voor haar mond. 'Dat mag je op deze dag en deze plek natuurlijk niet zeggen.'

Nu lachte Nadia hardop. 'Ik zal het niet doorvertellen.'

Clarissa voelde even aan de huid van haar voorhoofd. 'Ik heb het echt bloedheet. Heb jij het ook zo heet? Of is dit gewoon de overgang?'

'Nee, het is echt heel warm', zei Nadia.

'Volgens mij zweet ik straaltjes.'

'Welnee.' Nadia keek even naar de prachtige huid van de presentatrice. Clarissa was eind vijftig, maar had amper rimpels. Anders dan veel jongere gasten die hier vandaag aanwezig waren, hield ze zich verre van botox en fillers. 'Dat zou ik ook doen als ik jou was', had Nadia gezegd toen ze het daar een keer over hadden. 'Ik zou niet weten wat jij met botox glad zou moeten strijken.'

Ze was trouwens helemaal niet anti-botox, al dachten mensen dat vaak wel. Zelf had ze weinig op met gezichten waar alle expressie uit gespoten was, doordat door de botox belangrijke spieren plat waren gelegd. Maar eigenlijk waren het vooral de middelmatige dokters die zo te werk gingen. Tegenwoordig had je heel goede artsen die uitermate subtiel een rimpel of lijntje weg wisten te spuiten, of een filler zo konden aanbrengen dat het leek alsof je gewoon heel goed had geslapen en niets aan je gezicht had laten doen. Nu ze onlangs veertig was geworden, kon Nadia niet ontkennen dat ze al eens had gegoogeld naar de mogelijkheden. Haar beginnende rimpels stoorden haar nu niet, maar wie weet, in de toekomst.

'Nou, als het te erg wordt, moet je het zeggen', zei Clarissa, terwijl ze haar voorhoofd depte met een zakdoekje, dat ze daarna in haar tasje frommelde. 'Of beter nog, misschien mag ik dan een poedertje van je lenen. Is dat trouwens John Bijvank?' vroeg ze in één adem door.

Nadia volgde haar blik en zag inderdaad de zanger voorbijlopen met wie Bram een paar jaar geleden een hit had gescoord. 'Klopt', zei ze en ze verwonderde zich over het feit dat John in zo weinig tijd een stuk dikker en een stuk ouder was geworden.

'Die scheiding heeft hem geen goed gedaan', zei Clarissa en Nadia gniffelde.

'Dat zeg je netjes.'

'Ach, ik heb wel met hem te doen. Het is niet niks als heel Nederland ineens op de hand van je ex-vrouw is.'

Nadia knikte half. Ze had de scheiding van een van Nederlands bekendste zangers natuurlijk wel gevolgd, maar ze was al lang geleden opgehouden de commentaren van mensen op social media te lezen. Het enige wat ze wist was dat John er tijdens het huwelijk de ene na de andere affaire op na had gehouden, tot zijn vrouw na de zoveelste keer een streep onder de relatie had gezet en, zoals dat ging bij showbizzhuwelijken, iedereen er iets van vond. Meestal iets ten nadele van John, die zich in zijn hoogtijdagen toch de landelijke favoriete schoonzoon had mogen noemen.

'Zou Mariella er ook zijn?' vroeg Clarissa, maar Nadia schudde haar hoofd. 'Dat lijkt me niet. Ze kunnen niet samen op één plek zijn en John is bevriend met Bram, Mariella niet.'

'O.' Clarissa keek haar even aan, iets van bevreemding in haar blik. Nadia haalde kort haar schouders op. 'Althans, dat heb ik gehoord', voegde ze toen snel toe, en ze realiseerde zich dat ze niet zo stellig moest zijn. Dat ze moest doen alsof ze haar informatie net als iedereen uit de media had gehaald. Dat tussen Bram en haar, dat was nooit publieke kennis geweest. En dat wilde ze graag zo houden.

Clarissa stak haar arm uit en haakte die door die van Nadia. 'Kom mee, dan gaan we het bruidspaar bewonderen.'

Hoofdstuk 2

HET WAS, DAT MOEST NADIA TOEGEVEN, EEN prachtige entree. Over de lange, glooiende oprijlaan kwam een witte oldtimer cabrio aanrijden, versierd met bloemen en zachtroze ballonnen, en toen de auto voor de deur van het kasteel stopte, begonnen alle gasten spontaan te applaudisseren. Bram stapte als eerste uit en holde om de auto heen om het portier voor zijn bruid te openen vlak voor Leila's vader het kon doen, waarmee hij de lachers op zijn hand kreeg. Terwijl ze uitstapte keek Bram met zoveel trots in zijn ogen naar zijn aanstaande vrouw, dat Nadia het bijna vertederend had gevonden. Voor ze zich echter door dat gevoel kon laten meeslepen, herinnerden de luid klikkende camera's van de diverse roddelfotografen haar eraan dat hier naast een eeuwige verbintenis in liefde, ook een show aan de gang was. De aankomst was een van de drie momenten waarop de roddelpers plaatjes mocht schieten. Niet alle roddelpers, want Bram en Leila hadden de fotografen vooraf met zorg uitgezocht, afhankelijk van het bedrag dat hun werkgevers hadden geboden. En dat, zo moest Nadia toegeven, in z'n geheel aan een goed doel zou worden geschonken. Je kon Leila en Bram niet verwijten dat ze inhalig waren. Althans, niet op het gebied van geld. Aandacht was een ander verhaal, maar aandacht was het businessmodel van wie in de showbizz werkte, dus misschien kon je daar als celebrity ook niet helemaal onderuit. Trouwens, als haar klanten minder verzot op aandacht waren geweest, zou ze zelf een aanzienlijk minder volle agenda hebben, dus daar iets van vinden zou op z'n zachtst gezegd hypocriet zijn.

Nadat de lelies van de gasten waren verzameld tot diverse grote bossen, die haastig in vazen waren gezet en aan de decoratie in de tuin waren toegevoegd, kon de ceremonie beginnen. Vanuit

Nederland was een trouwambtenaar ingevlogen die met de nodige vaart door de levensverhalen van Bram en Leila schoot, om daarna heel lang stil te staan bij hun eerste ontmoeting in de tv-studio en het weekend Parijs dat Bram spontaan had geboekt, zodat ze drie dagen later in de auto naar de Franse hoofdstad zaten en daar een seks-overgoten weekend beleefden dat het begin van hun relatie markeerde. Bram deed alsof hij zich geneerde toen dit verhaal aan bod kwam en hij maande de ambtenaar om stil te zijn omdat zijn ouders erbij waren, tot hilariteit van de gasten. Nadia vond het wat laat, aangezien dit verhaal al minstens twintig keer breed was uitgemeten in allerlei interviews en Brams ouders bovendien kwieke vijftigers waren en geen preutse bejaarden. Hen mocht ze, in tegenstelling tot hun zoon, wel.

De ambtenaar was inmiddels overgegaan tot het bewieroken van de carrières van Bram en Leila en Nadia's gedachten dwaalden wat af. Toen Leila even opzijkeek, zag Nadia dat ze vandaag nepwimpers droeg. Leila had prachtige wimpers die je met mascara heel mooi kon aanzetten, dus Nadia vroeg zich af waarom haar visagist daarvoor had gekozen. Ze voelde een klein steekje, dat ze vlug negeerde. Leila had haar niet gevraagd vandaag haar visagie te doen en hoewel ze de reden daarvoor ook met Nadia had gedeeld – 'Dan kan je echt genieten', had ze gezegd. 'Als je moet werken, krijg je helemaal niets mee van de ceremonie en het feest' – zat het Nadia ergens niet lekker. Ze vond dat irritant van zichzelf, omdat het vanuit Leila vast wel goed bedoeld was en het alleen maar die vermaledijde onzekerheid bij haar aanwakkerde waar ze maar niet vanaf kwam. Ze hoorde tot de top van de Nederlandse visagisten, ze had vele bekende Nederlanders als klant en ze kreeg nooit klachten. En toch konden honderd complimenten niet het gevoel uitwissen dat één afwijzing haar gaf. Of afwijzing... was het dat wel? Leila had een visagist uit Engeland laten invliegen die eens haar make-up had gedaan toen ze daar was voor opnames van een internationaal programma en die bovendien bijna een miljoen volgers op Instagram had. Leila gaf om dat soort dingen.

En, zo sprak Nadia zichzelf in gedachten streng toe, Leila was haar niets verplicht. Nadia werd per klus ingehuurd, ze was niet bij Leila in dienst en bovendien moest ze toegeven dat Leila in haar dagelijkse werk nooit van een andere visagist gebruikmaakte. Dat zou toch genoeg moeten zeggen?

Onopvallend wiste ze wat zweet van haar voorhoofd. Ondanks de boven hun hoofd gespannen doeken tegen de zon was het bloedheet. De ambtenaar leek echter niet van plan om op korte termijn over te gaan tot de daadwerkelijke huwelijksverbintenis. Om zich heen zag ze mensen met waaiers zitten en nu begreep ze waarom ze er eentje in de goodiebag op haar kamer had gevonden. Ze wilde dat ze hem had meegenomen, maar in plaats daarvan had ze hem aan Romée gegeven om mee te spelen. Het logo van Leila en Bram – speciaal voor de bruiloft ontworpen – op de waaier, was natuurlijk om te gieren van het lachen. Misschien kon Leila de waaier gebruiken om zichzelf op te lappen zodra ze ontdekte wat Bram allemaal had uitgespookt?

Nadia haalde diep adem. Niet zo bitter, sprak ze zichzelf in gedachten toe. Leila en Bram maakten een gelukkige indruk en bovendien: dat van Bram en haar was ook alweer een tijd geleden. Twee jaar, rekende ze uit. Althans, de laatste keer.

Als het aan hem had gelegen, was dat een stuk korter geweest, maar daar probeerde ze vandaag niet te veel aan te denken. Net zomin als aan de roddels die altijd over hem de ronde deden en die, aangezien ze ze uit vele bronnen had vernomen, in elk geval voor een deel moesten kloppen. Eén keer had ze het zelfs met eigen ogen gezien, wat een ongemakkelijk moment in de kantine van een tv-station had opgeleverd, waar Nadia liever niet aan terugdacht. Het huwelijksaanzoek voor Leila volgde minder dan een week later. Nadia had toen nog wel een reactie verwacht van de actrice met wie ze Bram had betrapt – Monica heette ze, Nadia had haar foto later een keer in een blad zien staan – maar blijkbaar durfde die haar mond niet open te doen. Nadia kon het haar moeilijk kwalijk nemen. Had zijzelf niet precies hetzelfde gedaan?

De harde lach van Bram haalde haar uit haar gedachten. Er ging sowieso een golf van gegrinnik door de aanwezigen, blijkbaar had de ambtenaar opnieuw iets geestigs gezegd. Om niet op te vallen plooide ook Nadia haar lippen in een lachje, terwijl ze zich afvroeg wat ze ooit in Bram had gezien.

Nou ja, dat wist ze wel. Als je blind was voor al het andere, kon je een paar heel belangrijke dingen in Bram zien. Zo had hij het talent om je het gevoel te geven dat de wereld om jou draaide, en om niemand anders. Dat hij je aanbad en bewonderde met alles wat hij in zich had en dat je de meest speciale persoon was die hij ooit had ontmoet. Dat hij je mee zou nemen in zijn geweldige leven, dat hij allerlei avonturen met je wilde beleven en dat met hem je leven nooit saai zou worden. Dat laatste, moest Nadia toegeven, was waarschijnlijk ook echt waar. De rest ook wel, voor zolang als het duurde. En in Brams geval duurde het nooit langer dan een paar weken. Het was zo bezien nog bijzonder dat ze het vier maanden met hem had uitgehouden. Vier maanden waarin ze het in het begin niet en later juist heel vreemd had gevonden dat niemand van hun relatie mocht weten – 'Ik heb geen zin in de roddelpers', had Bram gezegd. 'Die maken er weer een eigen verhaal van' – en dat Nadia weliswaar zijn ouders had ontmoet toen ze een keer bij Bram thuis was, maar wel als 'een collega' werd voorgesteld. Achteraf gezien was het natuurlijk niet zo vreemd – toen hij ineens een goedbetaald contract voor een reallifesoap binnengehaald bleek te hebben en zijn relatie met Leila aankondigde, terwijl Nadia niet beter wist dan dat Bram met haarzelf was. Maar Leila deed het reallifesoap-technisch natuurlijk stukken beter, en ze waren ook al maanden bij elkaar, las Nadia in het persbericht. Het weekend Parijs was kennelijk gebeurd toen Bram zei dat hij voor zijn werk in België zat en niet bereikbaar was in de studio diep in een bos en dat hij na dat weekend met spierpijn terug was gekomen, was volgens hem te wijten aan het kajakken en abseilen dat hij en zijn team hadden gedaan, ter afwisseling van hun noeste studio-arbeid.

Ze had misschien wel stennis moeten schoppen. De hoofdredacteur van de *Story* moeten bellen en haar kant van het verhaal moeten doen. Brams imago aan diggelen slaan, en die reallifesoap erbij. Maar wat was ze daarmee opgeschoten? Moddergooien pakte vrijwel nooit goed uit voor de partij die ermee begon, ze wilde Bram bovendien voor geen goud terug en ze had geen zin om onderdeel te worden van een breed uitgemeten mediarel. Niet in de laatste plaats voor de rust van haar dochter, die op dat moment zeven was geweest en nog nooit van Bram had gehoord. Een gegeven dat Nadia het liefst zo had willen laten, behalve dan dat Romée de uitnodiging onder ogen had gekregen, haar naam erop had zien staan en vast van plan was geweest om zich niet te laten uitbesteden naar oma. Leila presenteerde haar favoriete kinderspelshow, Bram had net een enorme hit gescoord en Romée wilde ook weleens een goed verhaal op het schoolplein. Nadia was gezwicht voor zoveel druk, en vond het zelf ergens ook wel fijn dat haar dochter er was. Wie weet zou ze Romée nog als excuus kunnen gebruiken om het feest vanavond vroeg te verlaten, ondanks de ingehuurde nanny.

Bram had haar geappt, natuurlijk, toen dat persbericht eruit was gegaan. Hij wist niet dat ze dit over Leila zouden schrijven, het klopte bovendien van geen kant. Ja, oké, er speelde iets tussen hen, dat had hij Nadia nog willen vertellen. Maar de reallifesoap ging over hem, en zijn muziek, dat had hij ook afgesproken. Dat van Leila... het was nog maar net, en waren zíj bovendien ook niet een beetje klaar geweest samen? Dat had Nadia toch ook al aangevoeld?

Appjes lang was hij erover doorgegaan, tot Nadia uiteindelijk had geantwoord of hij haar misschien met rust wilde laten. Dat had hij gedaan, maar niet voordat hij had gevraagd of ze zich naar Leila toe misschien wat discreet wilde opstellen, want, nou ja, dat kon Nadia toch wel begrijpen?

Nadia had er nooit een woord over gezegd, net zomin als over de vele appjes die ze daarna nog van Bram had gekregen. In het begin niet, maar toen hij na een maand of vier – blijkbaar zijn vaste spanningsboog – weer was komen bovendrijven in zijn vijver van liefde en bewondering voor Leila, was hij weer berichtjes gaan sturen. Of ze niet nog eens wilde afspreken. *Old times' sake* en zo. Alleen wat drinken. Of, ach, wie weet misschien wel meer. De knipoog-smiley moest op Brams telefoon wel zo'n beetje automatisch in beeld komen als hij een berichtje tikte, zo vaak gebruikte hij die. Nadia was er onpasselijk van geworden. Ze wilde helemaal niets meer met Bram en tegen de tijd dat het appen begon, kon ze zich al niet meer voorstellen wat ze ooit in hem had gezien.

Andersom gold dat blijkbaar niet. In de afgelopen jaren had hij elke paar maanden weleens een berichtje gestuurd, een paar keer had hij haar gebeld toen hij dronken was. De eerste keren had ze opgenomen, al wilde ze het niet. Uit nieuwsgierigheid, dat kon ze aan zichzelf best toegeven. Toen had hij van alles in haar oor gelispeld over wat hij met haar wilde doen en uiteindelijk had Nadia dan maar opgehangen. Vooral die keer dat ze Leila de volgende dag moest opmaken en zij maar doorging over haar enorme geluk met Bram, had Nadia niet geweten waar ze moest kijken. Meerdere keren had ze overwogen om Leila te vertellen wat haar vriend uitspookte, gewoon omdat ze niet kon aanzien hoe zij werd bedrogen. Maar ze had het niet gedaan, omdat de enkele keer dat ze er subtiel over was begonnen – 'Ben je nooit bang dat hij vreemdgaat?' had ze zo nonchalant mogelijk gevraagd – Leila's antwoord zeldzaam onaangenaam was geweest. Met wantrouwen in haar ogen had ze Nadia aangestaard. 'Ik weet zeker dat zoveel vrouwen hem willen', had ze toen gezegd, arrogantie als boventoon in haar stem. 'Zielige types die maar achter hem aan lopen en denken dat hij om hen geeft, omdat hij toevallig altijd aardig is, ook naar de nobody's. Daar hebben we het vaak over en dan moeten we er allebei om lachen.'

Dan niet, had Nadia gedacht en ze had zich voorgenomen Leila nooit wijzer te maken dan ze was. Ondertussen was het appen doorgegaan. Het meest recente bericht had Bram zes weken geleden gestuurd. *Nog één nacht met jou nu ik nog vrijgezel ben,* was de tekst geweest. *Ik kan je niet vergeten.* Nadia had zich moeten inhouden om niet terug te sturen dat hun definities van 'vrijgezel' een tikje uiteenliepen. Bram had een uurtje gewacht, om haar daarna te vertellen dat haar verlaten de grootste fout van zijn leven was geweest.

Nadia staarde naar hem, in zijn beige trouwpak, zijn haar warrig zoals hij het het liefst droeg, zijn baard een of twee dagen oud, zijn hand losjes op Leila's jurk ter hoogte van haar knie. Ze was heus gekwetst geweest, in het begin. Boos ook, door zijn bedrog. Maar inmiddels voelde ze niets dan medelijden.

Het grote moment brak aan, alle gasten gingen staan en de fotografen werden weer toegelaten. De camera's klikten gretig bij eerst de ringen en toen de kus, en daarna knalden overal champagnekurken. Razendsnel doken obers met dienbladen op, Nadia pakte een glas en nam twee grote slokken. Clarissa dronk het hare zowat leeg. 'Warm hè?' zei ze grinnikend en Nadia proostte met haar glas in de lucht. Onopvallend keek ze op haar horloge. Iets na half vier. Nog een eeuwigheid te gaan.

Hoofdstuk 3

DE DAG WAS VOORBIJGEGLEDEN IN EEN STROOM van toespraken, eten, muziek, nog meer eten en champagne. Veel champagne, merkte Nadia toen het eigenlijk al aan de late kant was. Iets te veel. Misschien was het beter geweest na het diner te stoppen met drinken, maar toen had het feest nog moeten beginnen en de dj uit Ibiza had eerst maar eens iedereen een shotje bezorgd voor hij aan zijn show begon. Zijn geweldige show, moest Nadia toegeven. Ze had gedanst met een heleboel mensen die ze niet kende en zelfs met John Bijvank en daarna als klap op de vuurpijl met Frits, de vader van Bram, die verrassend losse heupen bleek te hebben. Toen het uiteindelijk niet langer was gelukt om Bram te ontlopen, had ze besloten dat de avond lang genoeg had geduurd en had ze zich snel uit de voeten gemaakt naar haar kamer. Wel had ze even met Leila staan kletsen, waarbij ze haar had gecomplimenteerd met haar jurk – geen woord aan gelogen, het ding was werkelijk sprookjesachtig – en haar alle geluk had gewenst. Aan eenzelfde niksig gesprekje met Bram had ze echter geen behoefte.

De nanny keek verwonderd op van haar telefoon toen Nadia binnenkwam. Het was ook pas halftwaalf, terwijl het feest tot drie uur vannacht zou duren. 'Je kunt wel gaan', zei Nadia. 'Ik ben moe.'

Het meisje glimlachte even, wenste Nadia goedenacht en verliet toen snel de kamer. In het tweepersoonsbed lag Romée overdwars te slapen, haar armen uitgestrekt als die van een zeester. Nadia aaide even over de wang van haar dochter en verdween daarna naar de badkamer om haar tanden te poetsen. Ze wierp een blik in de spiegel. Er waren wat lokken van haar bruine haar losgeraakt, haar foundation was inmiddels zo goed als verdwenen en haar mascara had een vlekje onder haar ogen gemaakt. Ze voelde zich wat duizelig van de champagne en wenste opnieuw dat ze er minder van had genomen. Toch voelde ze boven alles opluchting. Opluchting dat het erop zat. Alleen nog een paar uur slapen en dan kon ze vertrekken, bij voorkeur voor het ontbijt. Een croissant van het tankstation zou vele malen beter smaken dan het ongetwijfeld overdadige ontbijtbuffet dat, volgens het draaiboek, vanaf negen uur op hen stond te wachten. Ze moest alleen Romée er nog even van overtuigen dat ze echt vroeg moesten vertrekken, want haar dochter wilde niets liever dan ontbijten met al dat lekkers dat klaarstond en tussen al die bekende mensen.

Ze maakte haar gezicht schoon, dronk twee glazen water en poetste haar tanden. Daarna schoof ze Romée voorzichtig aan de kant en liet zich tussen de zachte lakens glijden. De airconditioning verspreidde een aangename koelte die haar verhitte huid goeddeed. Haar ogen vielen meteen dicht en hoewel ze dankzij de champagne het gevoel had dat ze op een draaikolk was beland, viel ze vrijwel meteen in slaap.

Het geluid kwam van heel ver, alsof het door een dikke laag mist heen moest breken. Nadia opende kort haar ogen, maar liet zich toen onmiddellijk weer meevoeren, de diepte in. Ze had geen idee hoe laat het was, maar in elk geval veel te vroeg om wakker te worden.

Net voor het complete duister haar weer omsloot, hoorde ze het opnieuw. Een kort, bonkend geluid, alsof iemand met kracht op een houten plank stond te hameren. Onder de sluier van de slaap voelde Nadia irritatie door zich heen gaan. 'Laat me met rust', mompelde ze zacht, terwijl ze probeerde de slaap te behouden die nu langzaam begon weg te stromen.

Uiteindelijk deed ze haar ogen open en pakte haar telefoon. 3.55 uur. Buiten was het stil geworden, waar eerst de muziek van het feest nog duidelijk hoorbaar was geweest in haar kamer. Was het personeel aan het opruimen? Kwam het geluid daarvandaan?

Toen klonk het weer, veel dichterbij dan ze had verwacht. Haar hart miste een slag. Iemand klopte op haar deur.

Ze wierp een blik op Romée, die overal doorheen sliep. Eigenlijk wilde ze het gebonk negeren, maar ze wilde niet het risico lopen dat haar dochter wakker werd.

Uiteindelijk kwam ze uit bed en schoot de kimono aan die ze als badjas gebruikte. Ze had hem op het laatste moment bij haar bagage gestopt, waar ze nu blij om was. In een dun, kort nachthemd met spaghettibandjes de deur openen, voelde alsof ze naakt stond.

Haar hoofd was nog steeds beneveld door de slaap en de kater die zich daar al had vastgezet. De vraag die rondging wie er vredesnaam op dit tijdstip op haar deur klopte, stokte in het onvermogen van haar hersenen om zich bezig te houden met iets anders dan gewoonweg overeind blijven staan. Jemig, wat voelde ze zich slecht. Ze hoopte maar dat er nog wat paracetamol in haar toilettas zat.

Ze reikte naar de deurklink, net toen er opnieuw werd gebonkt. Langzaam opende ze de deur, op een kiertje. Meteen werd die vanaf de andere kant ruw opengeduwd. 'Hai', zei Bram, en hij beende langs haar de kamer in. Nadia voelde haar hart een paar slagen missen.

'Wat doe je hier?' vroeg ze, fluisterend vanwege Romée. 'Ga weg.'

Bram bleef midden in de kamer staan. Hij zag er verschrikkelijk uit. Zijn haar zat warrig, zijn baard leek in een paar uur tijd rommelig te zijn aangegroeid. De broek van zijn beige pak was gekreukt en er zaten zwarte vegen op, zijn overhemd hing uit zijn broek en van zijn jasje was geen spoor te bekennen. Hij rook naar alcohol en sigaretten, ook al rookte hij niet voor zover Nadia wist.

'Ga weg', herhaalde ze.

Hij bleef gewoon staan. Aan zijn ogen was te zien dat hij dronken was, zijn blik boorde hij in de hare. 'Ik heb je gemist vandaag. Ik wilde met je dansen, want de dj speelde ons nummer, maar ik kon je niet vinden.'

Nadia wierp een blik op Romée. 'Mijn kind slaapt en ik wil niet met je praten.'

'Ik kan heel zachtjes doen.' Demonstratief liet Bram zich op de rand van het bed vallen. Romée bewoog in haar slaap. Razendsnel nam Nadia een beslissing. Ze greep het pasje van de kamer. 'Kom mee', zei ze. 'Niet hier.'

Gelukkig liep Bram achter haar aan, de kamer uit. Op de gang bleef Nadia staan. 'Wat doe je hier?'

'Ik miste je. Ik heb je bijna niet gezien vandaag.'

Nadia trok haar wenkbrauwen op. 'Dat lijkt me geen reden om hiernaartoe te komen', zei ze, harder dan nodig. De enige manier waarop ze Bram weg kon krijgen, was hem het idee geven dat hij betrapt kon worden. Het was zijn tweede natuur om dat te willen ontwijken.

Helaas was het niet zo makkelijk. 'Niet hier', zei Bram, haar woorden van daarnet herhalend. 'Kom mee.' Hij zette koers in de richting van het trappenhuis.

'Ik zou echt niet weten waarom', zei Nadia, terwijl ze bleef staan. 'Als je me iets te vertellen hebt, lijkt dit me een prima plek.'

Ook al was hij dronken, hij was nog wel sneller dan zij. Hij dook naar voren en griste het pasje uit haar hand. Daarmee maakte hij de deur van de hotelkamer weer open. 'Jouw bed vind ik een prima plek om te praten', zei hij. Hij grijnsde. 'Of andere dingen te doen. Daar ben ik namelijk wel voor in.'

Nadia nam razendsnel een beslissing. 'Oké', zei ze terwijl ze de deur dichttrok. 'Ik loop wel mee.'

Nadia blikte snel om zich heen. Hopelijk bleef Romée slapen, want zo'n gênante vertoning als hier gaande was, wilde Nadia haar hoe dan ook besparen.

Bram ging een deur door, waarachter zich het trappenhuis bevond. Nadia volgde hem, al vond ze het niet prettig om Romée achter te laten. Ze wilde Bram vragen te blijven staan. Ze konden toch ook in het trappenhuis praten? Maar toen ze omhoogkeek, zag ze dat hij al bijna bovenaan was.

'Kom mee', zei hij, toen hij zich omdraaide. 'Ik wil je iets bijzonders laten zien.'

Met tegenzin beklom Nadia de treden, haar hand lag op de dikke, massieve leuning. 'Zou jij je niet met je huwelijksnacht moeten bezighouden in plaats van je druk te maken om mij?' kon ze het niet nalaten te zeggen. Bram keek vluchtig om en opende daarna een deur, waardoor koele, vochtige lucht naar binnen stroomde. Nadia liep achter hem aan en merkte tot haar verbazing dat ze op een dakterras stond. Achter haar viel de deur met een klikje in het slot.

'Mooi hè', zei Bram, alsof hij het speciaal voor haar had aangelegd. 'Dit wil je vast niet missen.'

'Wat wil je van me?' vroeg ze opnieuw. 'Waarom laat je me niet gewoon met rust?'

Bram staarde omhoog. 'Zie je die sterren? Die ene daar, die heel fel straalt. Dat ben jij.'

Nadia rolde met haar ogen. 'Alsjeblieft.'

'Wat?' Bram kwam dicht naast haar staan. 'Ik meen het.'

Nadia zette een stap opzij. 'Dit is geen goed idee, Bram. Wij zijn al heel lang klaar met elkaar, ik wil je niet meer en bovendien ben je net getrouwd. Ga naar Leila. Je vrouw.'

Bram keek haar aan. 'Die slaapt al. We kunnen doen wat we willen.'

'Wat ik wil, is terug naar mijn kamer.'

'Toe nou, Naad...' Hij pakte haar arm en trok haar tegen zich aan. Ze rook sterke drank. 'We weten allebei dat het tussen ons nog niet voorbij is.'

'Dat is het wel, Bram.' Ze haalde diep adem en voelde ergens een vreemd soort medelijden met Leila. 'Maak nou niet kapot wat je hebt. Dat is zo zonde.'

Nadia voelde voorzichtig aan de deur. Gelukkig ging die open toen ze de klink naar beneden duwde. 'Welterusten, Bram.'

'Nee.' Ineens klonk zijn stem anders. Het woord kwam eruit als een slag, geïrriteerd en kort. Het volgende moment sloten zijn armen zich als een klem om haar heen. De deur viel weer dicht. Bram trok haar naar voren en Nadia struikelde, maar hij hield haar overeind. Ze kreunde toen Bram haar met haar rug tegen de stenen afrastering van het dakterras duwde. Even keek ze naar beneden, de zijtuin van het kasteel werd zwak verlicht door enkele tuinspots. Recht onder haar bevond zich grind, daaromheen dichte struiken. De grond was duizelingwekkend ver weg – als ze viel was de kans niet groot dat ze het zou overleven.

Ze vermande zichzelf. Bram mocht dan dronken zijn en bezat een heleboel eigenschappen waar ze zich liever verre van hield, maar hij zou haar heus niet zomaar over de rand van het dakterras gooien. Ze moest kalm blijven, rustig nadenken. 'Laat me los', zei ze, en hij haalde inderdaad zijn armen weg.

'Je kunt me toch wel even vasthouden?' vroeg hij. Hij klonk jengelend, als een klein kind. 'Waarom doe je zo tegen mij? Ik heb dat niet verdiend.'

'Niet verdiend?' Nadia kneep haar ogen samen. 'We zijn al een hele tijd uit elkaar, Bram. Jij hebt destijds je keuze gemaakt en ik weet nu dat uit elkaar gaan voor ons allebei beter was.'

'Ach...' Bram staarde langs haar heen. Nergens naar, wist Nadia, want het was te donker om iets van de omgeving te kunnen onderscheiden. 'Dat was business, dat snap je toch wel. Leila kwam op mijn pad en mijn carrière had iets nodig. Een hit of...' Hij fronste even. 'Of iets anders. Die reallifesoap was perfect, en Leila daardoor ook.'

Nadia wist niet goed wat ze moest antwoorden. Wist Bram eigenlijk wel wat hij zei? Beweerde hij nu dat zijn relatie, en huwelijk, alleen maar bedoeld was om zijn carrière te boosten? Niemand, ook hij niet, kon toch zo harteloos zijn? Nadia hoopte maar dat het dronkenmanspraat was, bedoeld om het verhaal over hen tweeën dat kennelijk in zijn hoofd zat, rond te breien. En anders hoopte ze dat Leila op een dag haar ogen zou openen en zou inzien dat ze veel beter verdiende.

'Nou, prima', zei ze uiteindelijk, terwijl ze haar gedachten terzijde schoof. 'Jij hebt je keuze gemaakt, en je hebt dus gelijk over wat je toen zei: het was ook wel klaar tussen ons. Zo denk ik er ook over.'

'Maar dat meende ik toch niet, liefje. Je moet me echt het voordeel van de twijfel geven.'

'Ik moet helemaal niets. Je laat me koud, Bram. Ik ben hier voor Leila, niet voor jou. Liever was ik hier helemaal niet geweest en morgenochtend ga ik zo vroeg mogelijk weer naar huis.' Ze keek Bram recht aan. 'Ik weet niet wat jij je in je hoofd haalt over ons, maar er is geen ons. En nu wil ik dat je me met rust laat.'

'Je weet heus wel dat je dit zelf ook wil.' Bram deed weer een stap naar voren en greep haar opnieuw beet. Harder deze keer, ze voelde zijn vingers pijnlijk in het vlees van haar armen klauwen. Hij bracht zijn mond vlak bij de hare, ze voelde de haren van zijn baard langs haar kin strijken. Zijn adem rook naar oude alcohol. Met een ruk bewoog ze haar hoofd achteruit, maar hij bewoog mee.

Zijn tong hing nat tegen haar lippen. Nadia kokhalsde. Hij wist naar binnen te dringen en zocht de hare, maar ze duwde hem weg. 'Laat me los!' schreeuwde ze, niet langer bezorgd over wie hen zou kunnen horen. 'Ga weg! Er is niets tussen ons en er zal nooit iets zijn!'

Brams greep verstevigde zich. 'Je wil het wel. Natuurlijk wil je het wel.'

Opnieuw duwde hij zijn tong naar binnen. Zijn ene hand hield haar arm stevig vast, zijn andere gleed bezitterig over haar rug naar beneden. De dunne stof van haar kimono en nachtjapon vormden geen enkele belemmering voor hem en binnen de kortste keren voelde ze zijn vingers op de huid van haar billen. 'Laat me los!' riep ze, terwijl ze worstelde om onder zijn greep uit te komen. Hij was veel sterker dan zij. Hoe ze ook probeerde hem van zich af te duwen, ze vormde geen enkele partij voor hem. Brams enige antwoord kwam in de vorm van een grom en zijn lippen die hij nat en sponzig in haar nek duwde. Het maakte Nadia misselijk.

Plotseling was het voorbij. Er klonk een doffe klap en Brams greep verslapte. Hij maakte een geluid dat het midden hield tussen een schreeuw en een pijnlijk gekreun en greep naar zijn hoofd. Het volgende moment dook hij in elkaar, rolde opzij en bleef zo liggen.

Door het donker lukte het Nadia niet meteen om te zien wat er was gebeurd. Ze moest een paar keer knipperen voor ze een kleine gestalte ontwaarde, die een groot, recht voorwerp vasthield. 'Romée?' vroeg ze ongelovig. Haar dochter keek geschrokken heen en weer tussen Nadia en Bram, die nu op de grond lag en nog altijd kreunde. Nadia knielde en zag hoe bloed naast zijn hoofd op de grond sijpelde.

'Ik hoorde je schreeuwen en toen...'

'Sst', zei Nadia en ze pakte de stok – een vlaggenmast, zag ze nu pas – uit Romées hand. 'Waar heb je deze gevonden?'

Haar dochter wees naar de deur die toegang gaf tot het trappenhuis. Nadia wierp nog één blik op Bram, pakte daarna haar dochter bij de hand en liep met ferme passen naar de deur. Ze zette de vlaggenmast terug waar die vandaan kwam, en waar er nog meer stonden. Even schoten er termen als 'bewijsmateriaal' en 'vingerafdrukken' door haar hoofd, maar toen schudde ze kort met haar hoofd. Bram zou wel beter weten dan stennis te schoppen over wat hem was overkomen. En mocht hij dat wel doen, dan was Nadia meer dan bereid het hele verhaal te vertellen.

Ze opende de deur en schoot het trappenhuis binnen, Romées hand nog altijd stevig in de hare. Snel en zwijgend liepen ze naar beneden, de gang in, naar de veiligheid van hun eigen kamer. Toen ze de deur wilde openmaken trilde Nadia's hand zo erg, dat ze het pasje tot twee keer toe liet vallen. 'Ik doe het wel', zei Romée en een paar seconden later zwaaide de deur open. Nadia duwde hem met een ferme klik achter zich in het slot en schoof de ketting erop. Daarna liet ze zich op het bed vallen, net op het moment dat ze het gevoel had dat haar knieën het zouden begeven.

Ze streelde over haar dochters haar, dat precies dezelfde kleur had als het hare maar krulde als dat van Keith. 'Hoe wist je waar ik was?'

Romée schokte even met haar schouders. 'Ik werd wakker omdat jullie aan het praten waren in de kamer, maar toen gingen jullie weg.' Ze maakte zich los uit Nadia's armen en keek haar moeder aan. 'Ik was bang en daarom ging ik achter je aan.'

Nadia slikte moeizaam. Wat haar dochter had gezien, zou geen enkel kind ooit moeten zien. 'Het spijt me', zei ze.

'Toen ik zag wat die meneer deed, werd ik nog banger.' Romée staarde voor zich uit, alsof ze het moment in gedachten opnieuw beleefde. Haar stemmetje klonk bevend toen ze haar mond weer opendeed. 'Ik dacht dat hij je ging vermoorden.'

'Och liefje...' Nadia beet op haar lip. Ze wilde niet huilen, maar haar tranen lieten zich slechts met moeite terugdringen. 'Dat zou hij niet gedaan hebben. Die meneer en mama...' Ze zocht naar de juiste woorden. 'We hadden een meningsverschil. Wat leer ik jou altijd als je ruzie hebt? Hoe moet je dat oplossen?'

'Met woorden.'

'Precies. Blijkbaar heeft hij dat niet van zijn ouders geleerd, dus probeerde hij het met vechten.'

'Is hij nu dood?'

'Wat? Nee!' Nadia trok haar dochter weer tegen zich aan. 'Maak je geen zorgen. Hij zal vast wel even flink hoofdpijn hebben, maar dat is zijn verdiende loon.' Ze drukte een kus op Romées haar. 'Kom, dan gaan we proberen nog wat te slapen. Morgen wil ik graag vroeg op pad. Dan gaan we lekker naar huis.'

Hoofdstuk 4

MET HET GEVOEL DAT NIET BRAM MAAR ZIJ EEN klap met een vlaggenmast had gekregen, werd Nadia wakker uit wat eigenlijk nooit echt slaap was geweest. Bij het idee dat ze vandaag ruim twaalfhonderd kilometer moest rijden, voelde ze lichte paniek opkomen. Ze wreef in haar ogen, die brandden en, zo zag ze even later in de spiegel van de badkamer, vuurrood waren. Ze zette de douche aan en draaide hem zo heet mogelijk. Toen ging ze eronder staan en genoot op een vreemde manier van de pijn van het warme water op haar huid. Beter dan de pijn van de herinneringen.

Het was half zeven in de ochtend, een uur en drie kwartier sinds ze met Romée op hun kamer was teruggekeerd. Romée was gelukkig weer in slaap gevallen, als een magneet aan Nadia vastgeklonken. Nadia vroeg zich af of Bram nog op het dakterras lag, zijn roes uitslapend. Of zou hij bebloed en wel naar Leila zijn teruggekeerd voor wat toch wel de beroerdste huwelijksnacht ooit moest zijn?

Waarschijnlijk zou ze het antwoord niet krijgen. Tegen de tijd dat het ontbijtbuffet werd opgediend en Bram zich – misschien – zou laten zien, hoopte Nadia al lang en breed op de A8 richting het noorden te rijden. Billie Eilish keihard aan, omdat Romée dat leuk vond.

Het douchen deed haar goed en tegen de tijd dat ze de kraan uitdraaide, voelde het alsof ze in ieder geval een paar uur prima had geslapen. Flink wat sterke koffie en ze zou die rit naar huis wel overleven. De gedachte aan haar eigen bed hield haar sowieso overeind. Zo snel mogelijk hier weg, zo snel mogelijk vergeten wat er was gebeurd. Binnen de veiligheid van haar eigen muren zou het vast snel vervagen tot een bizarre herinnering, zo eentje waarvan je je achteraf met open mond afvroeg of het eigenlijk allemaal wel echt was gebeurd.

Ze moest alleen Romée goed in de gaten houden. Het meisje had dingen gezien die niet voor haar ogen bestemd waren. Dat, gecombineerd met de ruime fantasie die ze van nature had, kon leiden tot allerlei verhalen in haar hoofd. Nadia nam zich voor om haar dochter de komende tijd regelmatig te vragen of ze er nog aan dacht, en of ze nog vragen had. Niet doodzwijgen, dat was het domste wat ze kon doen.

'Hai mama', zei haar dochter, toen Nadia de badkamer verliet. Romée zat op de rand van het bed en had Nadia's telefoon gepakt om een filmpje te kijken.

'Hé lieverd.' Ze keek Romée onderzoekend aan. 'Gaat het?'

'Ja, prima', mompelde haar dochter, haar aandacht gericht op het scherm.

Nadia kleedde zich aan, pakte de spullen in en hield daarna een jurkje voor Romées neus. 'Als jij dit nu even aantrekt, kunnen we daarna weggaan.'

'Gaan we niet ontbijten?'

'Onderweg.'

Romée knikte en trok eerst haar jurk en daarna haar sandalen aan. Met in haar ene hand hun koffertje en in de andere haar handtas, liep Nadia de kamer uit. Romée trok de deur dicht.

Toen ze de trap af liep, blikte Nadia voortdurend om zich heen, alsof ze iets illegaals deed en elk moment betrapt kon worden. In de centrale hal was niemand, op de receptioniste na en die keek alleen even op toen ze Nadia en Romée zag. Nadia beantwoordde haar glimlach en legde het pasje van de kamer op de balie. '*Au revoir*', zei ze en ze deed haar best om haar nervositeit niet te laten blijken. Het sloeg trouwens ook helemaal nergens op dat ze zo nerveus was. Het feest was voorbij, de gasten gingen naar huis, punt. Het stond haar toch vrij om te vertrekken voor het ontbijt?

Net toen ze de deur uit wilde lopen, hoorde ze voetstappen achter zich. Ze weerkaatsten door de hal. Nadia weerstond de verleiding om achter zich te kijken, maar toen hoorde ze iemand haar naam roepen. Ze bevroor en overwoog een moment lang om te doen alsof ze het niet had gehoord, maar dat zou uiterst vreemd overkomen.

'Hé Frits', zei ze toen ze zich omdraaide. Brams vader had zo te zien haastig wat aangeschoten. Zijn korte broek en shirt pasten niet bij elkaar en bovendien zat zijn haar warrig. 'Wat is er aan de hand?'

'Heb jij Bram gezien?'

Nadia's adem stokte. Ze probeerde niet te laten merken dat ze schrok, maar wist dat ze daarin faalde. 'Bram?' vroeg ze, alsof ze even moest nadenken om wie het ging. Daarna schudde ze haar hoofd, luchtig, naar ze hoopte. 'Nee, niet gezien.'

Frits keek onderzoekend naar de koffer in haar hand. 'Ga je weg?'

'Ja.' Nadia maakte een vaag gebaar met haar vrije hand. 'Ik wil in één dag terugrijden naar Nederland, dus op tijd op pad.'

'Ah.' Hij knikte wat. 'Oké.'

Er viel een stilte, alleen doorbroken door het luide gezang van een vogel in de oleander naast de deur.

'Wat is er met Bram dan?' voelde Nadia zich verplicht om te vragen. 'Is hij niet gewoon bij Leila?'

Nee, natuurlijk was hij niet bij Leila. Ze vervloekte zichzelf om die vraag. Dan had Frits hier hoogstwaarschijnlijk niet rondgelopen om hem te zoeken.

Frits leek niet op te merken hoe ongemakkelijk ze zich voelde. 'Nee, het is heel vreemd. Toen Leila wakker werd, was hij er niet.'

En toen Leila ging slapen, wilde Nadia vragen. Bram had om vier uur dronken in haar kamer gestaan, met zijn trouwpak nog aan. Ze had de indruk dat hij toen rechtstreeks van het feest was gekomen.

Ze stelde de vraag niet. In plaats daarvan haalde ze kort haar schouders op. 'Wat raar.'

'Ja.' Frits haalde zijn hand door zijn haar, dat daardoor nog verder door de war kwam te zitten. 'Oké, ik zal je niet ophouden. Goede reis.'

Nadia keek hem na toen hij wegliep. Het liefst zou ze in de auto zijn gestapt en snel zijn weggereden. Romée zette een paar stappen in haar richting en trok aan haar hand. 'Gaan we nu?'

Nadia aarzelde. Wat als Bram nog op het dakterras lag? Wat als de klap toch wat harder was aangekomen dan ze had ingeschat? Ze beet op haar onderlip. Alles in haar schreeuwde erom om weg te lopen. Ze verlangde naar haar auto, naar de weg, naar huis. Maar nu ze de enige was die wist waar Bram gebleven was, kon ze hem toch niet zomaar gewond laten liggen?

'Mam...' Romée trok weer. 'Zullen we nu eindelijk gaan?'

'Wacht even.' Nadia liet haar koffer los. 'Ik ben iets vergeten. Let jij even op de koffer?'

Haar dochter protesteerde nog, maar Nadia liep met vlugge passen weg. 'Ik ben echt zo terug', riep ze over haar schouder, waarna ze de trap op vloog. Ze nam de gang naar haar kamer en liep vanuit daar naar het trappenhuis, precies volgens de route die ze vannacht ook had genomen. Toen ze de trap naar het dakterras besteeg, ging ze automatisch langzamer lopen. Ze zette zich schrap voor wat ze te zien zou krijgen. Bizarre scenario's gingen door haar hoofd. Bram die al die tijd had gewacht tot ze terug zou komen en nu klaarstond om wraak te nemen. Bram die dood op het terras lag. Ze schudde wild met haar hoofd bij die laatste gedachte. De klap was echt niet hard genoeg geweest om zoveel schade te veroorzaken. Bram had duidelijk nog geleefd toen zij en Romée snel weg waren gevlucht. Hooguit was hij in slaap gevallen en lag hij nog altijd zijn roes uit te slapen. Dat was eigenlijk het meest aannemelijke scenario.

Ze legde haar hand op de zware, ouderwetse deurknop. Het ijzer voelde koud aan haar hand. De knop liet zich met moeite omdraaien voor de deur zich met een harde klik uiteindelijk gewonnen gaf. Ze vroeg zich af hoe Romée dat vannacht voor elkaar had gekregen.

Het dakterras baadde in het zonlicht. Nu pas viel het haar op dat er bankjes stonden, en grote plantenbakken met weelderige bloemen. Vannacht was alles alleen maar donker geweest.

Nadia keek rond. Ze fronste en probeerde zich te oriënteren. Vannacht waren ze de deur uit gekomen en daarna naar rechts gelopen, dat wist ze zeker. Aan de rand van het dakterras was Bram gestopt. Ze had de stenen omheining in haar rug gevoeld toen hij probeerde haar te zoenen, vanochtend in de badkamer had ze gezien dat de plek een beetje blauw was. Ze kneep haar ogen samen tegen het felle zonlicht en liep precies zoals ze dat vannacht had gedaan. Op de plek waar ze Bram had achtergelaten, keek ze naar de grond. Op de tegels zaten hier en daar wat vlekken, aan de rand zag ze er eentje die roestkleurig was. Die moest van het inmiddels opgedroogde bloed zijn. Ze keek om zich heen en zag iets verderop een bloembak staan. Zou ze die erop zetten, zodat het bloed helemaal niet meer te zien was? Even bleef ze staan aarzelen, toen schudde ze haar hoofd als om haar eigen vraag te beantwoorden. Er waren wel meer vlekken zonder duidelijke herkomst en er was vast niemand die de politie ging bellen voor een vage vlek die van bloed, maar ook van heel veel andere dingen kon zijn. Bram zou vast zo weer opduiken en het leek haar sterk dat hij nog iets zou zeggen over die klap die Romée hem had gegeven. En als hij verhaal wilde halen, was Nadia best bereid om te vertellen wat er was gebeurd. Maar dan wel alles. Ze wist zeker dat Bram dat idee bijzonder onaantrekkelijk zou vinden.

Nadia liep nog een rondje over het dakterras. Ze keek over de rand. In de tuin aan de achterkant was nog duidelijk te zien dat er een feest had plaatsgevonden, personeelsleden liepen af en aan om op te ruimen. Er was een tafel ingestort en op het gras lagen glazen.

Ze vroeg zich af hoe laat het feest was geëindigd. Toen ze hier vannacht met Bram had gestaan, was het beneden stil geweest. Ze herinnerde zich het draaiboek waarin stond dat het feest tot drie uur zou duren. Was iedereen daarna naar bed gegaan? Iedereen, behalve Bram? Zou hij na haar nog andere vrouwen hebben gebeld? Misschien was hij wel bij een van hen blijven slapen, of lag hij ergens anders zijn roes uit te slapen. Ze kon zich voorstellen dat Leila niet degene was naast wie hij wilde liggen als hij dingen had gedaan die niet konden. Misschien had hij wel een andere kamer geboekt. Ze vroeg zich af of Frits al bij de receptie navraag had gedaan.

Nadia liep weer een stukje, zette haar handen op het koele steen van de omheining en keek naar beneden, naar de zijtuin. Witte grond lag te glanzen in de zon, een grote plataan overspande met zijn eeuwenoude takken het grootste deel van de tuin. De blaadjes ruisten in de wind. Nadia wist niet wat er was gebeurd en ze wilde het ook eigenlijk niet weten. Echt weer iets voor Bram om zichzelf in de nesten te werken, bedacht ze. Een domme actie, waarvoor hij waarschijnlijk de nodige leugens nodig zou hebben om die recht te praten bij Leila. Leugens die zij zou slikken en zo zouden ze jaren en jaren door kunnen gaan.

Terwijl ze naar de blauwe lucht staarde, die de belofte van weer een wolkeloze dag in zich had, voelde Nadia niets dan medelijden met Leila.

Ze liep opnieuw een rondje over het terras, zonder duidelijk doel. Overal keek ze over de omheining. De twee zijtuinen zagen er identiek uit, met grind en platanen, dat viel haar nu pas op. Aan de achterkant was de tuin waar het feest was geweest, met kaarsrecht geknipte hagen en diverse terrassen met grind. Aan de voorkant was de entree, links daarvan bevond zich een grote vijver waarvan het water troebel was geworden. Gisteren had ze met Romée een tijdje staan kijken, maar de vissen die er volgens de tuinman in moesten zwemmen, waren niet te zien.

Nadia haalde diep adem. Ze wierp een laatste blik naar beneden en liep toen terug naar de deur. Ze was Bram niets verschuldigd, en ze had haar best gedaan. Het was tijd om naar huis te gaan.

Romée stond haar met een ongeduldig gezicht op te wachten. 'Dat duurde lang', mopperde haar dochter. 'Waar bleef je nou?'

'Even iets zoeken.'

'Wat dan?' vroeg Romée, terwijl ze naar Nadia's lege handen keek.

'Niets, laat maar.' Nadia greep het handvat van haar koffer. 'Kom mee', zei ze en ze wilde opnieuw koers zetten richting de auto. Vluchtig keek ze naar de receptioniste, die in gesprek was met Leila's vader. Moest ze nog informeren of Bram misschien vannacht de sleutel van een andere kamer was komen halen? Alles in haar verzette zich daartegen. Als hij ergens zijn roes lag uit te slapen, zou hij vanzelf een keer tevoorschijn komen. En trouwens, wie zei dat Bram netjes een sleutel had gehaald om een andere kamer binnen te komen? Nadia maakte zich weinig illusies over de exclusiviteit van Brams begeerte voor haar. Hij had vast een heel lijstje. Pleister op zijn hoofd, en door naar de volgende, zo moest het gegaan zijn.

Ze liep naar haar auto, die in een schaduw van weer een rij platanen geparkeerd stond. Toen ze het portier opende, walmde een wolk hitte haar tegemoet. Het rook chemisch, naar de bekleding.

'Nadia!' Net toen ze wilde instappen, kwam Jono naar haar toe, licht hijgend. 'Heb je het gehoord?'

Ze sloot even haar ogen en haalde diep adem, voor ze zich omdraaide. 'Wat?'

'Bram is verdwenen.' In Jono's blik was een mengeling van bezorgdheid en sensatie te lezen. 'Ik ben benieuwd in welke hotelkamer hij dan wel is blijven slapen.'

Nadia wist haar gezicht in een grijns te plooien. Niet omdat ze het grappig vond, maar omdat dat de normale reactie was op Jono's opmerking. 'Denk je?'

'Zou mij niet verbazen.' Hij keek naar haar auto. 'Wat ga je doen?'

'Naar huis.'

'Nu al?'

'Ja.' Nadia liet zich op de bestuurdersstoel glijden. Romée had haar gordel al vastgemaakt. 'Het is een heel eind rijden.'

'Gelijk heb je.' Jono keek om. 'Ik denk dat ik maar even ga helpen zoeken. Leila schijnt nogal in de stress te zijn.'

Ze wisselden een blik die veel zei en daarna stak Jono even zijn hand op. 'Goede reis. Dag Romée.'

Nadia reikte naar het portier. Haar dochter deed haar mond open om antwoord te geven, maar dat ging verloren in een geluid dat plotseling de lucht vulde. Een geluid dat twee vogels klapwiekend deed opstijgen uit de plataan en dat de temperatuur van de lucht plotseling een paar graden omlaagbracht.

Jono keek Nadia verschrikt aan. 'Wat was dat?'

'Iets van een gil of zo?' Nadia kwam uit de auto en strekte haar nek. Er was commotie ontstaan bij de ingang. Een groepje mensen haastte zich naar buiten en daarna in een gezamenlijke richting, naar de grote vijver. 'Kom mee', zei Jono en Nadia kon niet anders dan achter hem aan gaan. Romée was ook uit de auto gestapt en volgde hen. Er waren nu veel meer geluiden: het gillen, maar ook huilen, roepen van allerlei stemmen door elkaar. Een man in een pak rende de ingang uit, ook naar de plek bij de vijver waar de groep zich had verzameld. Nadia zag Frits en Reina, Brams moeder. Clarissa was er, Leila's ouders die zo'n ruzie hadden sinds hun scheiding dat ze automatisch op meer dan drie meter van elkaar bleven, ook nu. Een paar vriendinnen van Leila stonden om haar heen, net als haar zus. Dat hele groepje hield één hand voor de mond geslagen en staarde met grote ogen naar het water. Het geluid, zo bleek nu, kwam vooral van Leila.

'Romée', zei Nadia. 'Blijf maar even daar staan.'

Sebas kwam op een drafje naar hen toe. 'Oh my God', was het enige wat hij kon uitbrengen, wel tien keer na elkaar. 'Ik kan het niet geloven.'

Jono blikte heen en weer tussen zijn vriend en de kennelijke plek des onheils. 'Wat?' vroeg hij, schuddend aan Sebas' arm. 'Wat is er?'

Nadia liep verder. Ze hoorde Sebas praten, maar verstond zijn antwoord niet, ook doordat er ineens een diepe brom in haar oor leek te zitten. Een brom die pulseerde op het ritme van haar bonkende hart. Haar lijf reageerde al op wat ze nog niet had gehoord, of gezien. Ze keek naar boven. Zestien meter, had ze in de brochure gelezen, was de hoogte van het kasteel. De stenen omheining van het dakterras lichtte wittig op in de zon. Het water bevond zich precies onder het terras, het kabbelde tegen de muur van het kasteel, als een slotgracht. Van daaruit strekte het zich een meter of twintig uit, net een grote vierkante bak. In het midden stond een fontein, als een vrolijk sproeiende noot in een totaal misgelopen filmscène. Zelfs van een afstandje zag Nadia de enorme karpers, die zich angstvallig aan de andere kant van de vijver hadden verzameld.

Dichterbij, langs de rand, stond nog steeds het clubje. Het enige geluid dat zich langs de brom haar oren binnenwurmde, kwam van Leila. Nadia bewoog naar voren en ving een glimp van Leila op, haar gezicht helemaal verwrongen van angst, verdriet en talloze andere emoties die met elkaar om voorrang streden. Haar vader had haar van achteren vastgepakt en probeerde haar te bewegen, weg van deze plek, maar Leila gaf niet mee. Nadia sloot even haar ogen. Ze wist tegelijkertijd heel zeker dat ze wel en niet moest kijken naar waar iedereen de blik op gericht hield. Allang had ze begrepen wat ze te zien zou krijgen, maar gealarmeerde stemmen in haar riepen dat het beeld nooit meer zou verdwijnen van haar netvlies. Toch moest ze het doen. Juist zij. Ze moest weten hoe het eruitzag. Hoe hij eruitzag.

Uiteindelijk opende ze haar ogen weer. Opnieuw zag ze Leila, die zich nog altijd niet liet meevoeren door haar vader. Daarna maakte ze haar blik los en richtte die op datgene waar iedereen naar keek.

Eerst zag ze niets dan een soort schim in het water. Ze moest zich meer naar voren buigen voor een beter beeld. Onder het wateroppervlak

– maar niet ver, want de vijver was niet diep – lag Bram. Althans, het moest Bram wel zijn, al zag Nadia in eerste instantie niet meer dan een grote, huidkleurige vlek, die door de rimpelingen van het water telkens een beetje van vorm veranderde, wat luguber was, want nu was het net alsof de huid bewoog. Ze zette een paar stappen naar voren, mensen gingen aan de kant. Automatisch sloeg ook zij haar hand voor haar mond, blijkbaar was dat een oerbeweging van de mens als reactie op iets onverwachts. Hoewel je onverwacht in dit geval als een geweldig understatement kon beschouwen.

Hij was het, geen twijfel mogelijk. Nu ze dichterbij stond, herkende Nadia Brams blonde haar en zijn trouwkleren, die hij nog steeds droeg. Hij lag op zijn rug, zijn ogen staarden verschrikt naar boven. Naar het water. Naar het grote niets. De vijver was een beetje bruinig en Nadia kon de hoofdwond niet zien. Die zou straks wel zichtbaar zijn, als ze hem uit het water hadden gehaald. Onbewust keek Nadia weer even naar boven, naar die enorme hoogte en de lange meters die hij in zijn val moest hebben afgelegd. Want dat moest wel, dat hij gevallen was. Hij was vast niet vannacht naar beneden gelopen om vervolgens in de vijver te gaan liggen.

Een licht briesje blies weer een rimpeling in het water en Nadia huiverde. Het was of de schok van de aanblik alle omgevingsgeluiden bij haar had weggehaald. Haar oren zoemden en bromden alleen maar, haar blik leek vastgeklonken aan de omtrek van Brams lichaam. Ze wilde wegrennen, maar haar voeten deden automatisch een stap naar voren. De doodsheid in de starende ogen deed haar klappertanden. Van de warmte was niets meer over.

Nadia slikte een paar keer moeizaam, in haar keel brandde iets zuurs. Uiteindelijk maakte ze haar blik los van Bram, en daarmee kwam de omgeving ook weer tot leven. Hoge stemmen die van alles schreeuwden en gilden, een man die tevergeefs probeerde iedereen tot kalmte te manen. Cécile, de weddingplanner, had haar rol van regelaar aangenomen en de toegestroomde bruiloftsgasten verzocht naar binnen te vertrekken, met wisselend succes. Diverse mensen waren aan het bellen. Nadia hoopte maar dat niemand het in z'n hoofd haalde een foto te maken. Gelukkig waren de diverse fotografen gisteren al naar hun eigen hotels vertrokken voor ze een foto konden maken die de laagst gezonken websites waarschijnlijk maar al te graag wilden plaatsen.

Leila hield nog altijd stand, al probeerden nu diverse paren handen haar te bewegen om zich te verwijderen van de plek des onheils. 'Haal hem eruit!' schreeuwde ze. Ze reikte naar voren, haar handen petsten op het wateroppervlak. 'Help hem dan!'

'Nadia!' Ze schrok toen ze ineens werd aangeraakt. Clarissa had haar arm gegrepen. 'O mijn God, ik kan het gewoon niet geloven!'

Dat leek een populaire manier te zijn om te dealen met de tragedie, bedacht Nadia, hoewel het niet erg relevant was. De plek waar Clarissa in haar arm kneep, voelde meteen branderig aan. Nadia staarde de vrouw aan, niet bij machte woorden te vinden die op enige manier zouden bijdragen aan de hele situatie. Ze kon niet eens op een cliché komen, om gewoon maar iets te zeggen.

'Nee!' gilde Leila weer. 'Nee, laat me los!'

Maar deze keer lukte het wel om haar weg te halen bij de vijver. Haar vader en haar zus voerden haar mee, haar moeder had haar hand op

Leila's rug gelegd en liep achter haar aan. Toen ze al om de hoek van de deur waren verdwenen, hoorde Nadia nog steeds haar stem.

Ze huiverde en liep naar Romée, die nog steeds bij Jono en Sebas stond. Toen ze haar moeder zag, dook ze op haar af en begroef haar gezicht tegen Nadia's buik. 'Wat is er gebeurd, mama?'

'Kom', zei Nadia en ze nam haar dochter bij de hand. Clarissa liep achter hen aan, net als Jono en Sebas. Nadia nam ferme passen, maar wist niet waar ze naartoe moest. Ze liep ook maar naar binnen, waar Leila in de hal zat te huilen met lange uithalen. Romée keek ernaar met grote ogen. Nadia liep aan de andere kant het kasteel weer uit, de tuin in. De sporen van het feest van gisteren waren nu opgeruimd en onder het personeel klonk opgewonden gefluister, dat verstomde toen het groepje voorbijliep. Nadia nam plaats aan een tafeltje en trok Romée op schoot. De rest ging ook zitten.

'Ongelooflijk', zuchtte Jono.

'Wat is er gebeurd?' vroeg Romée opnieuw.

'Ik weet het niet, liefje.' Nadia streelde onophoudelijk over haar haar. 'Bram is... Hij heeft... Er moet een ongeluk zijn gebeurd.'

'Komt het doordat wij...' Romée keek haar aan met bange ogen. Nadia blikte vluchtig naar de andere drie, die het niet leken te merken.

'Nee', zei ze toen zachtjes tegen haar dochter. 'Dat heeft er niets mee te maken.'

Ze zag dat Romée haar mond opendeed en weer sloot. In de verte klonk het geluid van sirenes, dat langzaam aanzwol. Nadia vroeg zich af of het een ambulance was die met zoveel spoed deze kant op kwam.

'Die kunnen ook wel wat rustiger aan doen', merkte Sebas op.

'Ik wil naar huis', piepte Romée.

'Ja', zei Nadia, maar ze vroeg zich af of ze zomaar weg kon lopen.

Het was geen ambulance die met loeiende sirenes aan was komen rijden. Nadia was te rusteloos om te blijven zitten en dus liep ze toch maar weer naar de voorkant van het kasteel, waar vier politiewagens geparkeerd stonden en agenten bezig waren om het gebied rondom de vijver af te zetten en, zo vermoedde Nadia, een plan te maken om Bram uit het water te krijgen. Twee ambulancemedewerkers stonden doelloos in de schaduw van een boom.

Er liepen ook politiemensen zonder uniform – recherche, vermoedde ze – die voornamelijk bij de waterkant stonden en zo nu en dan een blik omhoog wierpen. Eén vrouw droeg hoge hakken en leek niet op een rechercheur, wat Nadia bij nader inzien een tamelijk stompzinnige gedachte van zichzelf vond. Zeker toen ze na een tijdje toekijken concludeerde dat de vrouw duidelijk de leiding had.

'*Madame...*' zei een agent, die met het afzetlint voorbijkwam en haar verzocht om een meter of twintig verderop plaats te nemen. Nog meer politiemensen liepen naar de rand van de vijver en wierpen een blik. Nadia probeerde beelden tegen te houden, maar die drongen zich onvermijdelijk aan haar op. Brams lichaam, dat straks slap en bleek uit het water zou worden getakeld. Een lijkwagen die hem meenam. Agenten die iedereen vragen zouden stellen. Ook Romée. Antwoorden die – als ze volledig waren – weer nieuwe vragen zouden oproepen. Haar kleine meisje, overgeleverd aan agenten in een vreemde taal...

Ze schudde ferm haar hoofd en beende naar binnen. De laatste keer dat ze Bram had gezien was hij overduidelijk nog in leven geweest. Ze had hier niets mee te maken. En ze wilde nu echt heel graag naar huis.

'We gaan', zei ze tegen Romée en deze keer was ze vast van plan om zich niet meer te laten tegenhouden. Ze zei Jono en Sebas gedag en keek om zich heen of ze Clarissa nog ergens zag, maar die was verdwenen. Toen ze met vlugge passen naar de auto liep, voelde ze haar nervositeit toenemen, alsof ze iets illegaals deed. Misschien was dat ook wel zo, al was ze dader noch getuige. Het enige wat ze de politie kon vertellen was wat er op het dak was gebeurd vannacht en dat deed ze liever niet. Niet eens om haar eigen betrokkenheid af te dekken – ze had niets gedaan, dus er viel niets af te dekken – maar vooral omdat ze zichzelf de ellende wilde besparen die ermee samenhing. Leila zou het verhaal te horen krijgen, en waarschijnlijk alle gasten. En met een beetje pech ook nog de pers. Voor zichzelf kon ze daar nog wel mee leven, maar ze wilde onder geen beding dat Romée hierin betrokken werd. Haar dochter had al dingen gezien die ze niet had mogen zien. Ze had iets moeten doen wat een kind bespaard zou moeten worden. En nu was het wel genoeg geweest. Nadia's verklaring zou wellicht een klein stukje van de puzzel vormen, dat nu onbekend bleef. Maar het was niet de hele puzzel, en zeker niet de doorbraak in de oplossing.

Toen ze Romées portier opende, trilde haar hand. Toen ze zelf plaatsnam achter het stuur, voelde ze zich misselijk van de spanning. Tot twee keer toe miste ze het gleufje van de gordel. Haar handen voelden klam om het stuur en de auto schoot met een gekke bokkensprong achteruit omdat ze het gas veel te diep intrapte. Ergens verwachtte ze dat ze tegengehouden zou worden, maar ze kon zo wegrijden, de lange oprit af, de straat op. Daar voelde het nog meer alsof ze iets illegaals deed. Haar hartslag wilde maar niet tot bedaren komen. Ze verwachtte elk moment dat er een politieauto zou opduiken – met sirenes, mogelijk – met agenten om haar zo snel mogelijk terug te sturen. En om een verklaring te eisen waarom ze zo stiekem de plaats delict had verlaten. Had ze soms iets te verbergen, hm?

Nadia schudde haar hoofd om haar gedachten kwijt te raken. Romée keek haar aan. 'Niets', zei Nadia, toen haar dochter vroeg wat er was. 'Beetje last van mijn nek.'

'Mama?' vroeg Romée toen.

'Hm?'

'Heb ik Bram vermoord?'

Nadia knalde bijna boven op haar voorganger. Ze kneep in het stuur en knipperde een paar keer, dwong zichzelf te kalmeren. 'Nee', zei ze toen tegen Romée, zich ervan bewust dat dit antwoord nog wekenlang – maandenlang – zou rondzingen in het hoofd van haar kind. Ze blikte opzij en legde haar hand op Romées knie. Kneep er even in. 'Toen wij vannacht teruggingen naar onze kamer, was er niets met Bram aan de hand', zei ze toen zacht, gedecideerd. Ieder woord koos ze zorgvuldig. 'Hij had alleen een beetje bloed op zijn hoofd, maar daar ga je echt niet dood aan. Ik weet niet wat er daarna is gebeurd, ik weet alleen zeker dat wij er niets mee te maken hebben.'

'Maar ik heb...'

'Wat jij hebt gedaan, was heel dapper', zei Nadia. 'Bram deed iets wat echt niet mocht en jij hebt daar een einde aan gemaakt. Ik ben supertrots op jou.'

Romée leek het allemaal maar half te geloven. 'Maar nu is hij dood', zei ze, haar stemmetje trillend.

'Ja.' Nadia staarde voor zich uit. Ze wist het, ze had het gezien, ze hoorde wat Romée zei, maar het drong eigenlijk nog niet echt tot haar door. Dood. Gevallen. Vermoord?

Ze gaf nog wat extra gas, alsof ze de vragen daarmee ook achter zich kon laten. Eerst naar huis. Dat was het belangrijkste.

Hoofdstuk 5

NET EEN SPROOKJE, DACHT RECHERCHEUR AMÉLIE Duchen toen ze van een afstandje naar het kasteel staarde. Hoewel het in dit geval dan wel om een sprookje van het oude, gruwelijke soort ging. In een ruime straal rondom de grote vijver voor het kasteel wapperde politielint in de zachte zomerbries en net daarvoor stond een zwart busje geparkeerd. Geen opdruk, maar Amélie kende die busjes maar al te goed. Binnen was ruimte voor het gekoeld vervoeren van twee lichamen. Straks zou een van die plekken gevuld zijn en het betreffende lichaam zou rechtstreeks naar het mortuarium worden vervoerd. Ze had al even contact gehad met Benoît, de dienstdoende forensisch patholoog. Hij stond paraat.

Al lag de onfortuinlijke bruidegom vooralsnog in de vijver, waar hij vanochtend door zijn kersverse echtgenote was gevonden. Amélie wierp een blik in die richting. Het onderzoek ter plekke was bijna afgerond. Dan zou de man uit de vijver worden gehaald, een tafereel waarvoor Amélie had gevraagd of er schermen geplaatst konden worden. Niet alleen wilde ze de familie en andere bruiloftsgasten de aanblik besparen, ze had bovendien begrepen dat het pasgetrouwde paar in Nederland nogal bekend was. In het dorpje ging nieuws doorgaans snel en wat als een toevallig gealarmeerde fotograaf van een afstandje foto's zou maken? Amélie kende de werkwijze van de roddelpers niet erg goed, maar zelfs een leek kon bedenken dat bepaalde bladen en kranten best wat geld over zouden hebben voor zo'n plaatje.

Amélie keek omhoog langs de eeuwenoude muur van het kasteel. Ze woonde en werkte nu drie jaar in deze omgeving – Wat meer rust, na de hectiek van Parijs, was haar verteld. In de praktijk wachtte ze daar echter nog steeds op – maar was nog nooit in Château de Provence geweest. Zonde eigenlijk, want het kasteel was werkelijk prachtig. Een uitstekende setting voor de droombruiloft die hier gisteren had plaatsgevonden. Althans, dat had ze zich laten vertellen, dat het een geweldig feest was geweest. En ook dat het bruidspaar een gelukkige indruk had gemaakt, dat er de hele dag geen onvertogen woord was gevallen en dat ze hier, ver weg van hun dagelijkse sterrenbestaan, juist met hun dierbaarste familieleden en vrienden zichzelf hadden kunnen zijn. Al was de bron van deze informatie een door Google Translate vertaald nieuwsbericht van een Nederlandse site, dat ze van een haar teamleden in handen geduwd had gekregen. 'Wat achtergrondinformatie', had de rechercheur erbij gezegd en Amélie had de broek en het overhemd van het trouwpak op de foto herkend als de kletsnatte kleding van de dode bruidegom. Zijn jasje, dat op zijn kamer had gelegen, lag nu in het forensisch laboratorium voor sporenonderzoek.

Ze keek opnieuw naar boven. Op het dak van het kasteel bevond zich een terras en een van haar theorieën was dat de bruidegom van grote hoogte naar beneden was gevallen. De andere theorie was dat hij naast de vijver had gestaan en om een of andere reden had besloten erin te gaan liggen, of er op minder vrijwillige wijze in terecht was gekomen. Amélie keek naar het zandkleurige, fijne grind dat het hele gebied rondom de vijver bedekte en verder richting de ingang van het hotel en de parkeerplaats. Als er op die lastige ondergrond al sporen waren geweest – en die kans was niet groot – dan waren ze wel uitgewist door de vele voetstappen die waren achtergelaten door de gasten die gealarmeerd naar buiten waren gerend. Het zou een lastig verhaal worden om bruikbare aanwijzingen te verzamelen, en een lichaam dat door het water was schoongespoeld was doorgaans al geen rijke bron van forensische sporen.

'*Madame*?'

Rechercheur Amélie Duchen keek op van haar aantekeningen. Florian, een van de jongere teamleden, was voor haar verschenen en gebaarde naar de deur. 'Ik heb mevrouw Hopman voor u. Ze zit in kamer één.'

Amélie knikte. 'Dank je, Florian.' Ze wierp nog een blik op de vijver, waar de politiefotograaf bezig was de plaats delict minutieus op de plaat te zetten. Collega's van de technische recherche waren al een tijdje bezig om ieder spoor – hoe klein ook – vast te leggen. Hun witte pakken glansden in de zon. Als hun taak erop zat, zou het lichaam uit het water gehaald kunnen worden en zat het sporenonderzoek erop. Maar dat was slechts het begin. Amélie dacht aan de grote hoeveelheid werk die haar en haar team nog te wachten stond. Al die sporen moesten worden geanalyseerd, er zouden gesprekken gevoerd moeten worden met gasten en personeel en ze hoopte op camerabeelden, al had ze in de gauwigheid geen camera's zien hangen. Een duik in de relatie tussen de bruidegom en zijn echtgenote kon ook geen kwaad. Hoe mooi het plaatje er aan de buitenkant ook uitzag, het was een feit dat het overgrote deel van de moorden werd gepleegd door een bekende. En daarvan weer een groot percentage in de relationele of familiesfeer.

Niet te snel conclusies trekken, maande ze zichzelf, toen ze achter haar collega aan naar binnen liep. Moord was een optie, maar wel meteen de zwaarste. Een val kon ook, of zelfdoding. Ze maakte een mentale aantekening dat ze het medisch dossier van Bram Hopman vanuit Nederland moesten opvragen. Eventuele psychische problemen zouden daarin vermeld moeten staan.

Florian liep de trap op en sloeg rechtsaf, richting de hotelkamers. Amélies oog viel op de glas-in-loodramen die de hal sierden. Binnen was het koel. Florian opende de deur van de kamer met een pasje en hield die vervolgens voor haar open. Het was een ruime kamer met een apart zitgedeelte. Leila zat op de bank, geflankeerd door een vrouw van middelbare leeftijd en eentje die jonger leek dan zij. Haar moeder en zusje, gokte Amélie. Ze monsterde de vrouw – de weduwe, moest ze eigenlijk zeggen – vluchtig maar grondig. Als er niets aan de hand was geweest zou ze zeggen dat Leila vandaag gewoon een stevige kater had na het feest van gisteren. Dat zou net zo goed een logische verklaring kunnen vormen voor haar rode ogen en intens bleke tint.

'Bonjour', zei Amélie, en toen ze Leila een hand gaf, merkte ze dat die slap was. Alsof alle kracht uit de vrouw was weggezogen. Nou ja, bedacht ze, dat was waarschijnlijk ook zo.

Amélie ging tegenover Leila zitten, Florian nam op de stoel naast haar plaats. Automatisch schakelde ze over op het Engels. 'Mijn oprechte deelneming. Wat een verschrikkelijk verlies.'

Leila knikte wat, haar moeder nam het woord. 'We begrijpen er helemaal niets van. Wie zou zoiets nou doen? Iedereen was juist dol op Bram.'

Amélie liet de vraag onbeantwoord. In stilte registreerde ze dat Leila en haar familie de opties ongeluk en zelfdoding al hadden uitgesloten. Dat zei niets, wist ze uit ervaring. Maar ze zou zo wel informeren naar hun beweegredenen voor die aanname.

'Wij zijn hier om dat uit te zoeken', zei ze, terwijl ze ging verzitten en haar notitieblok opensloeg. 'Ik begrijp dat dit een zeer verdrietige en bovendien bizarre dag voor jullie is, maar hoe eerder we aan ons onderzoek kunnen beginnen, hoe beter. Daarom wil ik toch graag een aantal vragen stellen.'

Alle drie de vrouwen knikten. Leila lamgeslagen, haar moeder gretig, haar zus plichtmatig, alsof het eigenlijk langs haar heen ging allemaal. Amélie klikte haar pen aan en keek even naar Florian, die ook aantekeningen zou maken. 'Om te beginnen proberen we een tijdlijn te maken van het overlijden van Bram en de uren daarvoor.' Ze keek specifiek Leila aan. 'Gistermiddag zijn jullie getrouwd. Hoe laat was dat?'

Leila's enige reactie was het heffen van haar hand, waarmee ze een traan van haar wang veegde. Ze keek hulpzoekend naar haar moeder, die in haar tas begon te rommelen. 'Hier heb ik het draaiboek', zei ze, en ze overhandigde Amélie een dun mapje. 'Alle tijden van gisteren staan erin, en ze kloppen ook precies met hoe de dag is verlopen.'

Amélie pakte het mapje aan en bladerde er even in. Daarna gaf ze het aan Florian. 'Er staat dat het feest tot drie uur in de nacht zou duren. Was dat ook daadwerkelijk de eindtijd?'

Leila knikte. 'Misschien iets later', zei ze zacht. 'Maar niet meer dan een kwartier of zo. We hadden dat ook met het hotel afgesproken, dat het op een gegeven moment ook klaar moest zijn.' Ze fronste even. 'Ik geloof dat dat met het personeel te maken had. Of met een vergunning of zo.'

Amélie knikte kort. Ze moest wat pijnlijke vragen stellen. 'Hebben Bram en jij op hetzelfde moment het feest verlaten?'

Leila keek even naar haar moeder en knikte toen kort. 'Ja. We zijn naar onze kamer gegaan.'

'De huwelijksnacht', zei Amélie. Het klonk niet als een vraag, maar was wel zo bedoeld. Ze keek Leila aan. Die sloeg haar blik neer, staarde enige tijd naar haar tenen en schudde toen haar hoofd. 'We hadden allebei erg veel gedronken.'

'Ben je in slaap gevallen?'

Leila's blik bleef strak op haar tenen gericht. 'Ik weet het eigenlijk niet meer precies. Ik herinner me dat we naar onze kamer gingen en dat we wel de huwelijksnacht wilden eh...' Ze strengelde haar vingers in elkaar. 'Wilden beleven, zeg maar. Maar het volgende dat ik me herinner is dat ik wakker werd en dat Bram er niet was en toen was het halfacht in de ochtend. Ik denk dat we allebei in slaap zijn gevallen. Heel vaag staat me daar iets van bij.' Ze keek eindelijk op. 'Ik heb een beeld in mijn hoofd dat ik Bram in zijn trouwpak in bed zie liggen met zijn ogen dicht. Maar ik weet niet precies waar ik dat moet plaatsen.' Ze keek verontschuldigend. 'Sorry, ik was echt heel dronken.'

Leila bracht haar hand naar haar mond. Amélie dacht dat ze op haar nagels beet, maar toen ze beter keek zag ze dat Leila met haar tanden de velletjes van haar vingers trok. Op haar wijsvinger welde wat bloed op uit een recent wondje.

'Ik begrijp het', zei Amélie. 'Wat gebeurde er toen je wakker werd?'

'Ik belde hem, maar kreeg geen contact. Hij ging meteen naar de voicemail.'

Amélie keek even naar Florian. De telefoon van Bram was nog niet gevonden.

'Ben je hem gaan zoeken?' vroeg ze toen.

Leila knikte. 'Ik dacht dat hij misschien al naar het ontbijt was gegaan. Dus ging ik douchen en liep ik naar het restaurant. Dat hij zonder mij was gegaan, vond ik niet leuk.' Ze fronste even. 'Maar in de ontbijtzaal vond ik alleen mijn vader. En later kwamen er wat vrienden binnen. Maar niemand had Bram gezien.'

Onderzoek moest nog uitwijzen hoelang Bram in het water had gelegen. Maar Amélie durfde er wel van uit te gaan dat hij er al lag op het moment dat Leila nu beschreef.

'Welke indruk maakte Bram op jou de laatste tijd?'

'Hoe bedoelt u?' vroeg Leila's moeder. Leila zelf kneep alleen haar ogen samen.

'Was hij zichzelf?' verduidelijkte Amélie haar vraag. 'Was hij opgewekt? Of juist somber? Viel je iets op dat niet bij hem paste?'

Leila dacht een tijdje na. Het gebrom van de airco had zich in Amélies oren genesteld. 'Ik weet het echt niet', zei Leila uiteindelijk. 'Hij was gewoon... Bram.'

'En wat betekent dat?' vroeg Amélie.

'Hij verheugde zich op de bruiloft. Vooral op het feest.' Haar mond vormde een glimlach, maar haar gezicht vertoonde geen spoor van vreugde. 'De organisatie van de bruiloft liet hij aan mij over. Maar hij wilde wel precies weten welke drank er geschonken zou worden. Dat soort dingen vond hij belangrijk.' Ze keek op, wat verschrikt. 'Ik bedoel: dat mensen het naar hun zin zouden hebben. Dat het onze gasten aan niets zou ontbreken. Niet dat hij alcohol... Nou ja.' Ze haalde kort haar schouders op. 'Hij vond dat gewoon belangrijk. Hij was altijd bezig het leuk te maken voor iedereen.'

'Hoe was jullie relatie?'

Leila's moeder ging verzitten. Haar zus kneep in Leila's hand. Kleine bewegingen die Amélie registreerde. Leila schraapte haar keel. 'Goed', zei ze toen. 'We waren gewoon gelukkig samen. We vulden elkaar aan en wilden hetzelfde in ons leven.'

'Wat was dat?'
'Wat?'
'Wat jullie wilden?'
Leila snoof even. 'Lol maken. Avontuur opzoeken. Gewoon genieten.' Ze trok met haar mond en daarna met haar hele gezicht. Een traan gleed over haar wang naar beneden. Gracieus, was het woord dat in Amélie opkwam. 'We waren gemaakt voor elkaar.'
'Was hij ook zo gelukkig?'
'Natuurlijk. We hadden zoveel zin in de toekomst.'
'Bram zou nooit zelfmoord plegen', zei Leila's zus, een opmerking die wat plompverloren overkwam. Het was ook niet waar, wist Amélie. Als iedereen die nooit zelfmoord zou plegen dat ook daadwerkelijk niet zou doen, zou het aantal zelfdodingen fors lager zijn.
'We willen gewoon weten wie ons dit heeft aangedaan', zei Leila's moeder.
'We zouden gaan reizen.' Leila snikte. 'En kinderen krijgen. Daar dachten we ook hetzelfde over. We waren soulmates.'
'Was hij trouw?' vroeg Amélie, die de boel wat wilde openbreken. Het was ongelooflijk hoeveel

doden ineens de perfecte zielen bleken te zijn, zonder zoiets menselijks als een vervelende eigenschap of een beschamende misstap in hun leven.

Leila staarde haar aan. 'Wat is dat nou voor vraag?'

Amélie zei niets terug. Ze had niet de indruk dat de vraag verduidelijking nodig had.

'Natuurlijk was hij trouw', antwoordde Leila's moeder snibbig, terwijl ze haar dochter over haar rug streelde.

Een kwartier later liep Amélie de kamer uit, gevolgd door Florian. Ze was niets wijzer geworden en tegelijkertijd ook weer wel. Leila's verdoofde schok kwam oprecht over. Alle drie leken ze ervan overtuigd dat Brams dood geen zelfmoord was, en eigenlijk ook geen ongeluk. Amélie nam de trap naar de tweede verdieping en daarna nog eentje hoger, naar het dakterras. Ze knikte naar de agent die de toegang tot het dak bewaakte, hij opende de deur voor haar.

De technische recherche was nog bezig. Amélie trok hoezen over haar schoenen en bleef op een afstandje staan kijken. Ter hoogte van waar Bram gevallen, gesprongen of geduwd moest zijn, als een val van het dakterras aan de orde was, zaten twee collega's op hun knieën op de tegels. Nauwgezet speurden ze de ondergrond af, her en der wezen ze iets aan. 'Hebben we al iets?' vroeg Amélie aan Louise, die de leiding over het technische onderzoek had. Louise was jong en slim en Amélie stond met regelmaat verbaasd over de kennis die haar nog maar 28-jarige collega had op forensisch gebied.

Louise knikte een paar keer. Daarna keek ze Amélie aan met een glimlachje om haar mond. 'We hebben wel iets interessants ontdekt.'

De dag en de kilometers waren voorbijgeraasd. Romée had een tijdje geslapen, Nadia had zelf het gevoel dat ze dat nooit meer zou kunnen. Ze hadden niet veel gepraat. Nadia had een luisterboek aangezet toen Romée wakker was, maar twee uur later had ze niet kunnen vertellen waar het verhaal over ging. Ze waren de grens gepasseerd, eerst met Luxemburg, toen België en uiteindelijk Nederland. Hun enige eten was van een tankstation gekomen. Nadia had haar moeder gebeld. Ze wilde niet alleen zijn vanavond.

Uiteindelijk reed ze Amsterdam binnen. Het was alsof de vertrouwde straten alle gebeurtenissen wat naar de achtergrond dwongen. Alsof haar wereld, die door elkaar geschud leek te zijn, weer wat normaler werd doordat haar eigen omgeving onveranderd was. Hier, waar het nog klopte, kon ze misschien vergeten wat er was gebeurd. Of vergeten... naar de achtergrond verschuiven. Dat was misschien het hoogst haalbare.

Hoewel de vragen in haar hoofd zich nog niet lieten verdringen. Keer op keer tijdens de lange rit was het beeld door haar hoofd gegaan, het beeld van afgelopen nacht. Bram had op de grond gelegen toen ze hem op het dakterras had achtergelaten, een meter of twee bij de omheining vandaan. Gewond, ja. Levensgevaarlijk gewond, nee, dat geloofde ze niet. Het was ook niet logisch, want als hij daadwerkelijk dood had liggen gaan toen zij en Romée naar hun kamer waren teruggekeerd, had hij nooit kunnen opstaan om vervolgens over de reling te klimmen. Bovendien leek het haar zeer onwaarschijnlijk dat Brams dood zelfverkozen was. Hij was net getrouwd, hij leefde op het toppunt van zijn professionele succes. Waarom zou hij? De flard van een gedachte dat hij bang was voor de gevolgen van zijn actie in de nacht, verwees ze snel naar het rijk der fabelen. Bram was nooit bang voor de gevolgen van zijn acties. Terecht ook wel, want hij kwam er toch niet voor niets al jaren mee weg? Bovendien wist hij dat Nadia echt wel haar mond zou houden tegen Leila. Of tegen wie dan ook.

Gevallen dan? Het was een optie, maar Nadia had moeite te bedenken hoe dat dan gebeurd zou zijn. Dronken en gewond als Bram was geweest, zou het toch nog een hele toer zijn geweest om uit te glijden en per ongeluk over de balustrade te vallen. Het stenen hek kwam bij haar tot haar middel, Bram was iets langer dan zij. Zelfs als hij er recht voor had gestaan en was uitgegleden, zou hij gewoon op het dakterras zijn gevallen. Misschien met zijn hoofd tegen het hek, maar om het kantelpunt te bereiken waarop hij aan de andere kant van het hek terechtgekomen zou zijn, zou hij toch bewust het grootste deel van zijn lichaam op of over het hek gebracht moeten hebben. En daarmee achtte ze de optie dat Bram was gevallen, eigenlijk uitgesloten.

Geduwd, dat moest het dan geweest zijn. Maar door wie? Nadia maakte zich geen illusies: Bram had heus niet alleen maar vrienden. Wie wel?

Maar uitgerekend hier, op zijn eigen feestje, te midden van de mensen die hij zelf had uitgekozen, had hij toch niet veel te vrezen gehad? Als hij überhaupt al iets te vrezen had gehad, want wat overspel en hier en daar een leugen waren toch geen reden voor moord. Dan zou de wereldbevolking wel in rap tempo afnemen.

Ze reed de straat van haar moeder in. Voor de deur was een parkeerplek. Romée keek verwonderd. 'Gaan we naar oma?'

Nadia knikte en zette de auto stil. Haar benen voelden stram toen ze uitstapten, pijnlijk van de spanning en de lange rit. Ze liet Romée uit de auto. De voordeur ging al open. 'Lieverd...' zei haar moeder en stak haar armen uit. Nadia liet zich omhelzen. Ze slikte een paar keer. Ze wilde niet huilen waar Romée bij was, maar het was alsof alle opgebouwde spanning nu via tranen een uitweg zocht.

'We gaan naar binnen', zei haar moeder, die Nadia losliet en nu Romée in haar armen nam. 'Ik heb je lievelingseten gemaakt.'

'Pannenkoeken?'

'Kijk maar in de keuken.'

Romée at drie pannenkoeken achter elkaar, Nadia drie hapjes. Daarna zette haar moeder

Romée onder de douche, waar ze doorgaans zo een halfuur kon staan. Nadia bleef achter in de keuken en scrolde door de berichten op haar telefoon. Ze had de hele dag nog niets beantwoord. Het enige wat ze had gedaan, was halverwege de dag Leila bellen om te vragen hoe het ging. Er was niet opgenomen.

Nu zag ze dat ze wel dertig berichten had. Van mensen die op de bruiloft waren, klanten, vrienden. *Waar ben je?* Dat was de strekking van de meeste. Jono had geappt om te vragen of ze al thuis was. Ze stuurde terug dat ze er was en hoe het daar ging, maar hij kwam niet online.

Ze opende Nu.nl, Instagram, Facebook, het hele rondje. Leila had zelf met een Instagrampost het nieuws van de dood van Bram bevestigd, nadat het al in de media was gaan rondzingen. Dit was natuurlijk mega, de nieuwsmedia raakten er niet over uitgepraat. Er waren duizenden reacties, en minstens zoveel speculaties over de doodsoorzaak. Leila had gezegd dat de politie de zaak in onderzoek had, en dat was door het management, Sara en Soufiyan, nog eens bevestigd. Nadia had hen gisteravond nog kneiterdronken op de dansvloer getroffen.

Ze schrok toen het scherm plotseling veranderde. Inkomende oproep. Ze kende het nummer niet, maar het kwam uit het buitenland. Haar eerste neiging was om de oproep weg te drukken. Maar dat kon niet, dat wist ze zelf ook wel.

Ze nam op. Een vrouw begon in het Engels te praten, een duidelijk Frans accent. Nadia had moeite de woorden te plaatsen, maar dat kwam niet door de taal. Haar hersenen weigerden gewoon om de zinnen om te zetten, zoals hersenen je altijd leken te beschermen als er paniek uitbrak.

Politie, recherche, onderzoek – er dwarrelden allemaal woorden door de telefoon. De politie had Brams mobiel onderzocht. Nadia's maag kneep zich samen. Hadden ze recent contact gehad? Ze dacht van niet, althans, niet via de telefoon. Toch bleef die vrouw van de recherche daar maar over doorgaan. 'We willen graag meer weten over het telefonische contact tussen jullie.'

'Ik heb geen telefonisch contact met hem gehad', zei Nadia.

'Wij hebben andere informatie.'

Nadia zei niets. Wat had dit te betekenen? Ze wist zeker dat ze niet met Bram had gebeld of geappt. Niet gisteren, niet in de afgelopen dagen en ook niet in de weken ervoor.

'Door dit telefonisch contact bent u een belangrijke persoon in ons onderzoek geworden', ging de rechercheur door. 'Het is belangrijk dat we u zo snel mogelijk spreken. Persoonlijk', voegde ze eraan toe voor Nadia iets kon zeggen. 'Kunt u naar het bureau komen?'

'Ik ben in Nederland.'

Er kwam geen reactie. Nadia voelde hoe ze begon te trillen. Haar keel werd dik. 'Kan ik niet hier naar de politie gaan? Of kan het telefonisch?'

'Helaas. We behandelen het overlijden van de heer Hopman als een niet-natuurlijke dood en het politieonderzoek is in volle gang. We willen u graag binnen vierentwintig uur spreken.'

'Maar ik...' Er ontsnapte een snik aan haar keel. 'Ik ben al thuis.'

'Als u naar Nice vliegt, kunnen we u laten ophalen, als u dat wilt.'

'Nee.' Ze sloot haar ogen. Beelden van hoe ze vanaf het vliegveld in een politieauto zou worden meegenomen, drongen zich onherroepelijk aan haar op. 'Ik regel zelf wel iets.'

‘U kunt me bellen op dit nummer als u weer in Frankrijk bent.’

‘Ja’, zei Nadia, zo zacht dat ze niet eens wist of het wel verstaanbaar was.

De verbinding werd verbroken. Nadia’s hand trilde zo dat haar telefoon eruit gleed. Ze staarde ernaar toen hij op de vloer viel, even terugstuiterde en vervolgens bleef liggen. Daarna raakte haar blik vertroebeld door de tranen die in haar ogen opwelden.

Hoofdstuk 6

DE LUCHT ROOK ANDERS. NIET LANGER BLOEMIG en zoet, maar bitter. De zon, die eerder zo aangenaam was geweest, straalde nu niets anders dan een verzengende hitte uit. Nadia had geen oog voor het landschap, geen oog voor de lavendel en de wijnranken. Ze was in één ruk doorgereden, had alleen getankt en amper wat gegeten. En al die tijd hadden de vragen door haar hoofd gebonsd.

Hoe? Waarom? Wat gebeurde hier? Gebeld? Ze had Bram niet gesproken. Dat wist ze zeker en tegelijkertijd was ze zelfs aan haar eigen herinneringen gaan twijfelen. Ze had het in haar telefoon opgezocht. Geen gesprek, geen gemist gesprek, zelfs geen sms'je van een mislukte oproep. Geen berichten, ook. Daar was ze nog blij om geweest, dat hij haar in Frankrijk met rust had gelaten.

Nadia stond naast haar auto en staarde naar de zandkleurige gevel van het kleine driesterrenhotel dat ze in alle haast had geboekt. Eén nacht, meer niet. Aan het einde van de middag praatte ze met de politie, morgenochtend reed ze terug.

Ze opende de achterbak en haalde haar koffertje eruit. Het was stil in het smalle straatje, het enige geluid kwam van rammelende pannen ergens in een huis. Of was het een restaurant? Nadia stak de straat over. De voorgevel van het hotel was begroeid met blauweregen, die uitbundig bloeide als om een tegenwicht te bieden aan de donkerte van Nadia's gemoed. Binnen wachtte een bejaarde receptionist die verwonderd keek toen ze voor zijn balie opdook, alsof hij geen gasten verwachtte. *'Bonjour'*, zei Nadia en zonder veel plichtplegingen kreeg ze de kamersleutel.

De kamer was klein en rook oud, maar de airconditioning werkte. Ze haalde haar toilettas tevoorschijn en friste zichzelf op in de piepkleine badkamer. Daarna verwisselde ze haar jeansshort en hemdje voor een rode zomerjurk. De rest van haar spullen liet ze ingepakt. Toen ze de deur achter zich dichttrok, keek ze op haar horloge. Tien over vijf. Ze was vannacht om halfvier in de auto gestapt en voelde zich alsof ze al een week wakker was. Tegelijk wist ze dat ze voorlopig niet zou kunnen slapen. Dat was afgelopen nacht ook amper gelukt.

Na nog geen tien minuten op de kamer stapte ze weer in de auto en zocht het adres van het politiebureau op, één dorp verderop. Voor ze naar binnen ging haalde ze koffie bij een cafeetje, pas na enig zoeken wist de ober een meeneembeker op te duikelen. Nadia staarde naar het terras en bedacht hoe ze op een ander moment – in een ander leven, leek het wel – daar zou zijn neergestreken om te genieten van de dag, de warmte, de mensen.

Ze had nooit naar die bruiloft moeten gaan. Vanaf het begin voelde het niet goed. Die gewoonte van haar om haar eigen gevoel te negeren en te doen wat er van haar werd verwacht, daar moest ze toch eens vanaf.

Een verontrustende gedachte kwam op. Zou Bram nog hebben geleefd?

Ze schudde haar hoofd om de gedachte kwijt te raken, wat slechts ten dele lukte. Daarna liep ze het politiebureau binnen. Daar zette ze haar koffie op de balie om in haar telefoon de naam op te zoeken. 'Amélie', antwoordde ze op de vraag met wie ze een afspraak had. 'Amélie Duchen.'

Amélie was jonger dan Nadia had verwacht en ook... eleganter, vond ze. Hoewel dat een vreemde gedachte was. Ze zag eruit alsof ze net vanuit een Parijse modezaak naar de Provence was gereisd, niet alsof ze zich bezighield met het oplossen van stevige moordzaken en zware criminaliteit. Misschien kwam het door haar donkerblauwe plooibroek en witte blouse met korte, kanten mouwtjes. 'Loop maar mee', zei Amélie in goed Engels. 'Wil je iets drinken?'

Nadia hield haar koffiebeker omhoog en volgde de rechercheur naar een kleine kamer met hoge ramen, die uitzicht boden op een tuin vol bloemen. Aan de muur hing een schilderij in pasteltinten en dat was op een of andere manier niet wat Nadia bij een politiebureau verwachtte. 'Het geeft een goed gevoel', zei Amélie met een glimlach, toen Nadia er iets over zei. 'En dat kunnen we hier soms wel gebruiken. Ga zitten.' Ze wees naar een stoel en nam zelf tegenover Nadia plaats. Uit een tas die op de grond stond haalde ze een map vol papieren en een klein model laptop. 'Fijn dat je hiernaartoe kon komen.'

Nadia knikte kort, maar antwoordde niet. Amélie zette de laptop aan. 'Wat een naar einde van een bruiloft, nietwaar?'

Opnieuw knikte Nadia. Ze wist niet goed hoe ze moest reageren, omdat ze het gevoel had dat ieder woord, iedere beweging ertoe deed. Alsof ze een examen moest afleggen, maar niet wist waarin. 'Verschrikkelijk', zei ze uiteindelijk. Ze overwoog iets toe te voegen over het geluk dat ze Leila en Bram had gegund, maar zag ervan af.

'Heb je Bram gesproken, gisteren?' vroeg Amélie.

Nadia knipperde een paar keer. 'Ja', zei ze toen. 'Ik heb hem uiteraard gefeliciteerd met zijn huwelijk.'

'En verder?'

'Niet veel.'

'Waarom niet?'

Nadia voelde haar mond droog worden. Ze nam een slok koffie, maar die was lauw. 'Ach, het kwam er niet van', zei ze, luchtig naar ze hoopte.

'Je weet hoe dat gaat op bruiloften. Iedereen wil het bruidspaar spreken.'

Amélie trok even met haar mond. 'Toch wilde hij je blijkbaar midden in de nacht nog iets vertellen.'

'Ja', zei Nadia. 'Dat zei je al aan de telefoon.'

'Wat?'

'Dat hij me had gebeld.'

'Maar niet dat het midden in de nacht was.'

'Daar ging ik van uit.'

'Waarom belde hij je?'

Nadia richtte haar blik eerst op de tafel en daarna op de pastelroze bloemen op het schilderij. Dit was het moment. Het moment waarop ze moest besluiten welke weg ze nam. Het moment dat ze had zien aankomen, maar waar ze toch niet op voorbereid was. 'Ik weet het niet', zei ze uiteindelijk schor, haar beslissing uitstellend. 'Ik weet alleen dat ik niet heb gemerkt dat hij belde, op dat moment niet en later niet. Mijn telefoon stond op vliegtuigmodus. Ik wilde niet dat mijn dochter wakker zou worden als er appjes binnen zouden komen.'

'Hij heeft het drie keer geprobeerd. Blijkbaar was het dringend.'

'Ja.'

'Maar je hebt geen idee?'

'Nee. Bram en ik... Ik was op de bruiloft omdat Leila een klant van mij is, dus niet vanwege Bram.'

'Ongemakkelijk wel, om op de bruiloft van je ex te moeten zijn.'

Nadia liet niet merken dat ze schrok. Ergens had ze wel verwacht dat die informatie inmiddels bij de politie lag, al was hun relatie nooit openbaar geweest. Ze haalde haar schouders op, stijf, houterig. 'Tussen ons stelde het weinig voor. En het is ook al een tijd geleden.'

'Ik begreep dat hij je aan de kant heeft geschoven.'

Nadia kneep met haar ogen. Wie had die informatie aan de politie doorgegeven? Brams vader? 'We gingen met wederzijdse instemming uit elkaar.'

Amélie fronste. 'Omdat hij een ander had?'

Nadia ging verzitten. 'Ik begrijp dat wat er tussen mij en Bram heeft gespeeld nu ineens groot lijkt, maar het stelde echt heel weinig voor. Een flirt, meer was het niet. We waren allang klaar met elkaar, maar geen van ons had de moeite genomen om de relatie te verbreken en toen kreeg hij een ander en was het over. Ik heb er geen traan om gelaten en Bram en ik hebben nooit een serieuze toekomst gehad samen. Dat wisten we allebei.'

Gek eigenlijk, bedacht ze, hoe ze na al die jaren een samenvatting kon geven die ineens de echte waarheid raakte. De waarheid zoals ze die niet eerder zo scherp had gezien. Er was nooit een toekomst geweest. Ze waren klaar met elkaar geweest.

'Dus je weet niet waarom hij je wilde spreken?'

Nadia haalde diep adem. Terwijl ze nog zocht naar het juiste antwoord, kwam de volgende vraag al.

'Laat ik het anders formuleren: heb je hem die nacht nog gesproken?'

Nu moest ze kiezen. Nadia beet op haar lip. Ze wilde het niet. Ze wilde niet vertellen wat er die nacht echt was gebeurd. Voor zichzelf vond ze het nog niet eens zo erg, maar voor Romée... Haar hart leek letterlijk in elkaar te krimpen. Haar dochter moest al leven met wat er was gebeurd en Nadia kon niet leven met het idee dat ze ook nog onderdeel zou worden van het politieonderzoek. Romée had hier niets mee te maken.

Gebeurtenissen waren elkaar op een heel ongelukkige manier opgevolgd, maar grepen niet in elkaar. Een hoofdwond was vervelend, maar niet de oorzaak dat Bram een paar uur later dood in de vijver lag, zoveel meter lager.

De rechercheur schoof haar stoel een stukje naar achteren en sloeg haar benen over elkaar. 'Bram is die nacht naar het dakterras gegaan of gebracht en daar moet iets gebeurd zijn. We hebben het vermoeden dat hij door iemand naar beneden is geduwd. Op het dakterras is bloed gevonden, dat van hem blijkt te zijn.'

'Zo', zei Nadia en ze knikte een paar keer. 'Bizar.'

'En nu zit ik met een getuige die zegt dat hij iemand over de gang heeft zien lopen. Vroeg in de ochtend, rond een uur of vijf.'

Nadia slikte onopvallend en dwong zichzelf haar blik niet af te wenden. 'O ja?'

'Hij omschrijft de persoon als klein en tenger. Je was niet toevallig op de gang rond dat tijdstip?'

Nadia keek haar recht aan. Het was of in haar hoofd de seconden aftelden naar nul. Ze wilde het niet. Alles in haar schreeuwde erom dat ze zou liegen. *Nee, ik heb hem niet gesproken. En nee, ik heb hem niet gezien. Ik weet niet wat er is gebeurd.* Maar het kon gewoonweg niet. De leugen was te groot. Dit was een politieonderzoek. Een moordonderzoek. Hoe graag ze Romée – en zichzelf – ook wilde beschermen tegen wat er over hen heen zou kunnen komen, liegen was geen optie. Ze deed haar mond open. Sloot hem weer. Vermande zich. En zei toen met schorre stem: 'Ja, ik heb Bram 's nachts nog gesproken. En ik was rond dat tijdstip op de gang.'

Als Amélie Duchen al opkeek van Nadia's woorden, dan liet ze dat niet merken. Haar blik bleef op Nadia gericht, gelijkmatig maar waakzaam. De enige verandering in haar gezicht was een heel licht optrekken van haar wenkbrauwen.

'Maar ik heb niets met zijn dood te maken', voegde Nadia aan haar eigen woorden toe. 'Toen ik terugging naar mijn kamer, leefde Bram nog.'

'Kun je beschrijven wat er precies is gebeurd?'

Het was een prettige vraag, registreerde Nadia op een onbewust niveau. Niet hard, niet alsof ze ergens werd vastgepind, wat ze eigenlijk wel had verwacht. Niet alsof ze ineens verdacht was. Ze slikte een paar keer en dwong zichzelf om diep adem te halen.

'Ik heb niet gemerkt dat hij me belde, omdat mijn telefoon dus op vliegtuigmodus stond', begon ze. 'Ik werd wakker doordat er op de deur van mijn... van onze kamer werd geklopt. Eigenlijk wilde ik niet opendoen, maar toen werd er opnieuw geklopt en was ik bang dat Romée wakker zou worden.'

Amélie knikte een paar keer. Nadia vroeg zich af of ze kinderen had.

'Toen ik de deur opende, kwam Bram binnen', ging ze verder. 'Hij was dronken en zag er nogal...' Ze zocht even naar het juiste woord. 'Nogal verlopen uit', zei ze toen. 'Hij was duidelijk dronken.'

'Wat wilde hij?' vroeg Amélie toen Nadia een stilte liet vallen.

Ze dacht een tijdje na. 'Aandacht', zei ze toen. 'Seks. Hij vond dat ik hem had genegeerd en zei dat hij me miste.' Ze probeerde zich het precieze gesprek te herinneren, maar merkte dat het vervaagde hoe langer ze ernaar tastte in haar geheugen.

'Hoe kwam hij over?'

'Dronken.'

'Agressief?'

'Op dat moment nog niet.' Nadia nam nog een slok koffie, die inmiddels helemaal koud was. 'Ik vroeg hem om weg te gaan, maar hij bleef aandringen. Omdat hij nogal luidruchtig was, nam ik hem mee naar de gang. Ik wilde niet dat Romée wakker zou worden.'

'En toen gingen jullie naar het dakterras.'

Nadia zweeg even. Ze had dat nog niet verteld en toch leek de rechercheur er automatisch van uit te gaan dat Nadia met Bram op het dakterras was geweest. Ergens in haar hoofd rinkelde een alarmbel. Als de rechercheur daarvan uitging, had ze dan ook al aangenomen dat Nadia met de val te maken had?

'Ja', zei ze behoedzaam. 'Hij zei dat hij me iets wilde laten zien en ik liep met hem mee. Ik hoopte dat als ik even zou kijken, hij me daarna met rust zou laten. We kwamen uit op het dakterras en daar bleef hij aandringen, maar ik wilde niets met hem. Hij raakte geïrriteerd en...' Ze zweeg en duwde haar tong tegen de binnenkant van haar tanden terwijl ze nadacht. 'Hij probeerde aan me te zitten, ik duwde hem weg. Hij was alleen sterker. Op een gegeven moment viel hij ineens op de grond. Het bleek dat Romée toch wakker was geworden en dat ze ons naar het terras was gevolgd. Ze wilde mij helpen en had een vlaggenmast gepakt om Bram mee te slaan.' Nadia voelde haar keel dik worden bij de herinnering. Het had nooit mogen gebeuren, en tegelijkertijd voelde ze een vreemd soort trots voor de moed van haar dochter.

'En toen?' vroeg Amélie omdat Nadia zweeg.

'Bram had een hoofdwond die bloedde', zei Nadia, om er daarna haastig aan toe te voegen: 'Maar hij was gewoon bij kennis. Als het erger was, had ik hem nooit achtergelaten. Dan had ik een dokter gebeld.'

Amélie maakte een aantekening. 'We hebben inderdaad bloed gevonden op het dakterras.'

Nadia knikte een paar keer. 'Dat komt daarvan.' Ze dacht na. Automatisch werd ze teruggezogen naar dat moment. 'Bram was behoorlijk geïrriteerd over wat er allemaal gebeurde', vertelde ze, langzaam. 'Ik had hem misschien kunnen, of moeten, helpen, maar ik wilde alleen maar weg. Samen met Romée ben ik naar onze kamer teruggegaan. Ik voelde er weinig voor om Bram de volgende ochtend tegen te komen bij het ontbijt, vandaar dat ik vroeg op weg wilde naar huis.'

De rechercheur knikte een paar keer. 'En toen bleek hij dood te zijn.'

Nadia staarde weer naar het geschilderde bloementafereel, terwijl ze knikte zonder iets te zeggen.

'Dat moet een flinke schok zijn geweest', zei Amélie.

'Ja. Maar dat was het voor iedereen.'

'Maar niet iedereen heeft hem 's nachts nog gezien. Of met een vlaggenmast geslagen.'

Nadia keek met een ruk op. 'Toen Romée en ik naar onze kamer gingen, leefde Bram en lag hij op de grond. Ik heb hem niet van het dakterras geduwd, als dat is wat je denkt. Er moet iets anders zijn gebeurd.' Ze haalde diep adem. 'Eerlijk gezegd dacht ik, toen hij niet te vinden was, dat hij een andere vrouw had opgezocht en in haar hotelkamer lag. Of dat hij een kamer voor zichzelf had geboekt om zijn roes uit te slapen.'

Amélie keek haar aan. 'Zei hij op een bepaald moment dat hij dat ging doen?'

'Nee, hij was vooral boos dat hij door mij werd afgewezen. Ik heb een paar keer gezegd dat hij naar Leila moest gaan, dat het zijn huwelijksnacht was. Maar daar reageerde hij niet echt op.

Hij leek dat niet belangrijk te vinden en zei dat ze al sliep.'

'Past dat bij hem, zo'n reactie?'

Nadia dacht even na. 'Het past bij de Bram die ik kende, uit mijn tijd met hem. Ik had ergens gedacht dat hij was veranderd door zijn relatie met Leila, dat hij de keuze had gemaakt om zijn wilde leven achter zich te laten en zich op één vrouw te richten. Dat hij misschien trouw zou willen zijn.'

Amélie stelde nog wat vragen, waar Nadia de antwoorden op gaf die ze eerder al had gegeven. Over Brams nachtelijke bezoek, zijn trouw of het gebrek daaraan, over andere vrouwen. 'Ik denk dat veel antwoorden wel in zijn telefoon te vinden zijn', zei Nadia uiteindelijk fronsend. 'Bram communiceert vrijwel altijd via WhatsApp.'

'Ja', zei Amélie. 'Waarschijnlijk wel.'

Nadia wreef even over haar gezicht. Haar ogen brandden. Ze hoopte dat het gesprek snel voorbij zou zijn. Ze verlangde naar de stokoude hotelkamer en een paar uur slapen, waarna ze de hele rit terug weer zou maken. Altijd had ze van Frankrijk gehouden, vooral van dit gebied. Ze hoopte dat die liefde ooit terug zou komen, maar nu voelde ze alleen maar weerzin.

'Is dit alles wat je wilde weten?' vroeg ze aan de rechercheur. 'Ik ben een beetje moe en...'

'Ja', zei Amélie. 'Voor nu wel. Bedankt voor je komst.'

'Als er nog iets is, kan je altijd bellen. Ik rijd morgen terug naar Nederland, maar ik ben gewoon bereikbaar.'

De rechercheur kneep haar ogen samen. 'We hebben je hier nodig zolang het onderzoek zich in deze fase bevindt.'

'Welke fase?'

'De fase dat we alle aanwijzingen breed natrekken.'

'Maar ik wil... Ik zou graag naar huis willen.'

'We proberen binnen een paar dagen alle aanwijzingen in kaart te brengen. Dan gaat het onderzoek de volgende fase in.'

'Een paar dagen?' Nadia voelde hoe kou zich razendsnel door haar lichaam verspreidde. 'Maar ik moet... Mijn dochter...'

'Ik begrijp dat het onhandig is, maar in het kader van het onderzoek...' Amélie Duchen keek spijtig. 'We proberen in ieders belang de dood van de heer Hopman zo snel mogelijk op te helderen.'

Achteraf kon Nadia niet vertellen of dat bemoedigend of bedreigend was bedoeld, of geen van beide. Het enige wat ze wist was dat ze tegen haar zin in had beloofd om in de buurt te blijven. Toen ze het politiebureau uit liep, voelde ze zich moe en plakkerig en wilde ze douchen, maar nog meer dan dat had ze behoefte aan wijn en afleiding.

'Hé Naad', zei Jono, toen hij al na één keer opnam. 'Hoe is het?'

'Ben je nog in Frankrijk?'

'Ja.' Hij zuchtte. 'Sebas en ik hadden nog een paar nachtjes in een ander hotel geboekt. Maar we kunnen het eigenlijk nergens anders over hebben dan over Bram, dus ik vraag me af of we niet beter naar Nederland kunnen gaan.'

'Mag dat van de politie?'

'Wat?'

'Naar Nederland gaan.'

'Dat lijkt me wel. We hebben allebei een gesprek gehad en daarna mochten we weg.'

Nadia sloot even haar ogen. In haar hoofd kwamen nare conclusies over haar positie in het onderzoek op, vergezeld van een bonkende hoofdpijn.

'Waar ben jij?' vroeg Jono. 'Thuis?'

'Nee, ik ben weer in Frankrijk. Ik moest terugkomen van de politie.' Ze haalde diep adem en dwars door Jono's verbaasde vragen heen vroeg ze: 'Als ik een fles wit bestel, zie ik jullie dan zo op een terras?'

Hoofdstuk 7

DE WIJN WAS KOEL EN TROOSTEND EN GLEED ZO makkelijk naar binnen dat er al snel een tweede fles nodig was. Nadia hield niet van dronken zijn, maar ze hield nu wel van de verdoving die de alcohol met zich meebracht. 'Als hij mij gewoon niet had gebeld...' zei ze, inmiddels wel voor de tiende keer.

'Had je dan niets tegen de politie gezegd?' vroeg Jono. 'Ook niet dat je hem nog hebt gezien 's nachts?'

Nadia wist het antwoord eigenlijk niet. 'Ik wil gewoon niet dat Romée hierbij betrokken wordt.'

'Willen ze haar ook spreken?'

'Daar heb ik niets over gehoord.'

Sebas hield zijn hoofd schuin. 'Denk je dat de politie je gelooft?'

Nadia zweeg even. Met zijn vraag raakte Sebas een pijnlijke steek van angst, die voortdurend in haar lichaam leek te zitten. Amélie Duchen was begripvol overgekomen. Tijdens Nadia's verhaal had ze veel geknikt, maar Nadia wist niet goed wat ze daarvan moest denken. Was het aanmoedigend bedoeld? Een gewoonte? Of geloofde ze daadwerkelijk alles wat Nadia zei? Nadia had geprobeerd het verhaal vanuit het oogpunt van de rechercheur te bekijken, maar ze was gestopt toen ze daar buikpijn van angst van kreeg. Natuurlijk wist zijzelf dat ze de waarheid vertelde, maar ze realiseerde zich dat de rechercheur bij veel daarvan Nadia op haar woord moest geloven. Hard bewijs had ze niet.

'Ik hoop het', zei ze uiteindelijk, haar stem wat trillend. En daarna, als om niet alleen Sebas maar ook zichzelf te overtuigen: 'Ze wekte wel die indruk.'

Jono schonk zichzelf nog maar eens bij. 'Ik kan het gewoon nog steeds niet geloven', zei hij, niet voor het eerst. 'Het is net of ik een film heb gekeken die ik helemaal niet leuk vond en die nu mijn hoofd niet meer uitgaat.'

'Zoals *It* toen ik klein was', knikte Nadia. 'Doodeng, ik heb wekenlang gedacht dat ik die clown overal zag.'

'Ik denk nog steeds dat ik Bram overal zie.'

Nadia staarde over de rand van haar glas naar de mensen die voorbijtrokken aan het terras. Het mooie stadje, de koele wijn, de fijne vrienden – nog maar twee dagen geleden zou dit de perfecte manier zijn geweest om de middag door te brengen. Ze hield hiervan, van lange, boeiende gesprekken, van een beetje mensenkijken, van het gevoel dat de dag eindeloos zou duren en er geen moeten en haasten bestond. Maar niets van dat alles leek nu tot haar door te dringen. Haar hart was misschien wat tot bedaren gekomen en niet langer stond elke spier in haar lijf gespannen, maar die rust was kunstmatig. Een reactie van haar lichaam op de alcohol. In haar hoofd gingen voortdurend bellen af, sprongen lampjes aan, leken slagbomen neer te dalen als ze even probeerde te ontsnappen aan de hele situatie.

De voorbijgangers leken te vervormen tot een lange stroom, zonder begin of eind, zonder individuen. Gek hoe ze bijna allemaal dezelfde kant op leken te lopen, alsof er eenrichtingsverkeer voor voetgangers bestond. Haar blik viel op een vrouw die juist de andere kant op liep. Ze keek wat om zich heen, zonder haast, zonder duidelijk doel ook. Ze bleef even staan bij een winkeltje en voelde aan een jurk die op een paspop voor de ingang hing, haar rug naar Nadia gekeerd. Haar dikke, bruine haar viel golvend over haar rug.

Nadia ademde scherp in. Ze kon zichzelf er nog net van weerhouden om te wijzen. 'Dat is...'

Jono keek haar verwonderd aan. Sebas volgde haar blik. 'Wat?' vroeg hij, maar zijn aandacht ging naar de ober om iets te eten te bestellen.

Nadia keek terug naar de vrouw, maar ze stond niet langer bij de paspop. Nadia ving nog één blik van haar op, voor ze iets verderop in een steegje verdween. Nadia keek heen en weer tussen haar vrienden. De verwarring moest op haar gezicht geschreven staan, maar ze zagen het niet. Of zeiden er niets over. Uiteindelijk schudde ze een beetje met haar hoofd. 'Nee', zei ze, haar tong wat zwaar door de wijn. 'Nee, ik heb het me vast verbeeld.'

Maar ze had het zich niet verbeeld. Ze wist heel goed wie ze had gezien.

Amélie Duchen luisterde de opname van het gesprek terug, en daarna nog een keer. Waar ze had gehoopt op antwoorden, had het gesprek met Nadia Schutte voornamelijk nieuwe vragen opgeleverd. Als ze ervan uitging dat Nadia de waarheid sprak – en ze had op dit moment geen reden om daaraan te twijfelen – zat het verhaal nog veel ingewikkelder in elkaar dan ze al had vermoed. De trouwfoto's die inmiddels, samen met het sensationele nieuws van Brams overlijden, hun weg veelvuldig naar de media hadden gevonden, lieten alleen die ene kant zien. De glamour, het geluk. Amélie fronste toen ze erdoorheen scrolde. Was dit wel een kant van het verhaal? Bestond dit geluk?

Leila had de indruk gewekt van wel. Vrienden, familie, allemaal vertelden ze over de sprookjesachtige bruiloft en de pracht en praal die niet op kon. Sprookjes, bedacht Amélie, vervulden haar altijd met een dubbel gevoel, al moest ze ervoor uitkijken niet bij voorbaat cynisch te worden. Het kon natuurlijk wel, dat enorme geluk. Tot dit punt was er, behalve een heleboel informatie uit het verleden, geen aanleiding geweest om gegrond te twijfelen aan dat sprookje. Tot Nadia. Tot een heel ander verhaal. Amélie had moeite te bepalen welke rol Bram in de cliché-rolverdeling van een sprookje had. Niet langer de prins, maar ook niet de geijkte slechterik.

Terwijl ze zuchtend achteroverleunde, moest ze maar weer eens tot de conclusie komen dat de waarheid nooit in een stramien te vormen was, maar duizend vertakkingen kende.

Ze haalde haar handen door haar haar. Als ze de telefoon van Bram maar konden vinden. Die zou – zoals Nadia terecht had opgemerkt – waarschijnlijk de nodige antwoorden bevatten.

Nadia had hem niet van het dakterras geduwd. Dat was niet alleen het gevoel van Amélie, maar ook de richting waarin de feiten wezen. Vanochtend had ze het rapport van de patholoog-anatoom gekregen, waarin ze de op zichzelf niet zo verrassende conclusie had gelezen dat verdrinking Bram Hopman fataal was geworden. Wat wel opvallend was, was dat er geen sprake was van ander, groot letsel. De hoofdwond die, volgens Nadia's verhaal, op het dakterras door middel van een hard voorwerp was toegebracht, was door de patholoog uiteraard ook opgemerkt. Een klein trauma, noemde hij het, zeker niet fataal. Dat klopte dus precies met wat Nadia had verteld. Eigenlijk viel in het rapport niet op wat er stond, maar wat er niet stond. Als Bram daadwerkelijk van het dakterras naar beneden was gevallen, zou hij met de snelheid waarmee hij in het water van de vijver terecht was gekomen, de bodem geraakt moeten hebben. De vijver was immers maar tachtig centimeter diep en op het punt waar Bram lag, bestond de bodem uit harde stenen, overgroeid met algen. Op het lichaam van Bram zouden op z'n minst grotere of kleinere verwondingen te zien moeten zijn, van de klap die hij tegen de stenen had gemaakt. Daarvan bleek echter helemaal geen sprake te zijn. Het enige wat de patholoog had gevonden waren een paar kleine blauwe plekken op zijn bovenarmen en rug, die maximaal vierentwintig uur voor zijn overlijden waren ontstaan. Een worsteling? Gestoten? Het enige dat Amélie zeker wist, was dat Bram was verdronken in de ondiepe vijver. Daarbij leek een ongeluk haar zeer onwaarschijnlijk. Toxicologisch onderzoek had uitgewezen dat hij op het moment van zijn overlijden een stevige hoeveelheid alcohol in zijn bloed had, maar ook weer niet zoveel dat het aannemelijk was dat hij bewusteloos van de drank was geweest. Bovendien was het de vraag hoe hij bewusteloos en wel in het water terecht was gekomen. Als hij erin was gevallen, moest hij op dat moment nog bij kennis zijn geweest en Amélie durfde de stelling aan te nemen dat de schok van het koude water hem juist bij kennis gehouden zou hebben. Bovendien wees het alcoholpromillage er niet op dat hij zo lazarus was geweest dat hij over de stenen rand van de vijver zou zijn gevallen. Hij was behoorlijk dronken, maar had nog coördinatie over zijn armen en benen moeten hebben, aldus de patholoog.

Wat overbleef waren twee opties: Bram had zichzelf verdronken in de vijver, of iemand anders had het gedaan. Dat eerste was een optie die ze niet kon uitsluiten, maar ook niet als de meest waarschijnlijke beschouwde. Aan de tweede optie zaten een hoop haken en ogen, maar voor nu was dat het belangrijkste spoor waarop ze verder zouden onderzoeken.

Nadia? Voor Amélies geestesoog verscheen de tengere vrouw met hazelnootkleurig haar en bruine ogen met zwarte spikkeltjes. Ze moest toegeven dat ze verbaasd was geweest toen ze in de oproepenlijst van Brams telefoon – die ze gelukkig wonderbaarlijk snel van de telefoonmaatschappij had gekregen – het nummer van Nadia had gezien. Het was ook prettig dat er in elk geval één nummer was dat opviel. Het irriteerde Amélie dat uit de telefoongegevens bleek dat er oproepen waren geweest naar nummers die hoorden bij prepaidtelefoons en die dus niet aan een abonnement en een naam waren gekoppeld. Om de nummers eventueel aan een persoon te kunnen koppelen, moest ze Brams telefoon hebben en die was opvallend genoeg nog altijd spoorloos. Zelf naar de nummers bellen had niets anders opgeleverd dan een voicemail zonder persoonlijke welkomstboodschap. Op haar verzoek tot terugbellen was niet gereageerd.

Nadia's nummer was echter makkelijk te koppelen geweest aan haar abonnementsgegevens. Eerder had Amélie haar naam op de gastenlijst zien staan, maar Leila had verteld dat Nadia haar visagiste was en verder geen grote rol speelde in het leven van Leila en Bram. Des te opvallender waren de nachtelijke oproepen aan haar adres. Amélie wist niet goed wat te denken van de kortstondige relatie tussen Bram en Nadia, en van het feit dat Leila daarvan kennelijk niet op de hoogte was. Al begon ze inmiddels door te krijgen dat Bram in het verleden een grotere charmeur was geweest dan zijn kersverse echtgenote leek te weten, of te willen weten. Een wetenschap die voornamelijk was gebaseerd op uitlatingen van Brams vrienden. Het was opvallende informatie, maar tegelijkertijd kon Amélie die moeilijk plaatsen. Afgaande op wat ze in de – door een van haar teamleden vertaalde – artikelen van Nederlandse roddelwebsites had gelezen, waren Brams exen geen onderdeel geweest van de gastenlijst. Behalve Nadia.

De hotelmedewerker die had verklaard in de vroege uurtjes van de ochtend – rond vijf uur, had hij gezegd, maar hij wist het niet meer zeker – een tengere gestalte over de gang te hebben zien lopen, had ook gezegd dat diegene een kamer binnenging. Hij wist geen nummer, zo goed had hij niet opgelet en bovendien stond hij op afstand. Het had, zo had hij geantwoord op Amélies latere vraag erover – de kamer van Nadia kunnen zijn. Van die verklaring naar de aanname dat

Nadia op dat tijdstip over de gang had gelopen en haar kamer binnen was gegaan, was een te stellige conclusie. Bovendien zei het niets. Ze had de kamer net zo goed drie minuten later kunnen verlaten om naar beneden te gaan. Maar dan? Er was geen motief. Ja, boven, op het dakterras misschien, toen Bram haar had aangeraakt en zij dat niet wilde. In het heetst van dat moment had Nadia hem van zich af kunnen duwen, bewust om hem te verwonden, of per ongeluk. Als zoiets fout ging, zat je al snel met problemen. Maar in tweede instantie haar gram halen, terwijl haar dochter ook wakker was, terwijl ze waarschijnlijk juist blij was geweest veilig terug te zijn op haar kamer... Amélie schudde haar hoofd. Ze had moeite om hier iets van te maken dat aannemelijk klonk. Laat staan dat ze bewijs had.

Het scherpe geluid van haar ringtoon deed haar opschrikken uit haar gedachten. Ze keek op het scherm, maar herkende het nummer niet. 'Amélie Duchen', zei ze toen ze opnam, haar achternaam wat vragend.

'Met Nadia Schutte', zei een vrouwenstem. 'Ik denk dat ik interessante informatie heb.'

De koele lucht van de airco deed haar verhitte huid huiveren. Toen ze zich langzaam tegen de kussens van het hotelbed liet zakken, voelde Nadia zich duizelig van de wijn, de lange dag en het gesprek dat ze net had gevoerd. Toen Nadia had gezegd dat ze iets wilde vertellen, was Amélie naar haar hotel gekomen omdat Nadia niet meer kon rijden. In een verlaten lobby hadden ze zitten praten. Nadia sloot even haar ogen. Het gezicht van de rechercheur verscheen voor haar geestesoog. 'Monica?' had die fronsend gevraagd. 'Wie is Monica?'

'Monica la Salle', had Nadia uitgelegd. 'De ex-vriendin van Bram, met wie hij bijna een jaar is geweest. Hij ging vreemd – verrassend genoeg.' Ze had er cynisch bij gekeken, de rechercheur had niet gereageerd. 'Toen dat uitkwam, zette zij hem aan de kant', ging Nadia door. 'Bram wilde haar graag terug, maar ze wist wel beter dan hem te vertrouwen op zijn blauwe ogen en ging door met haar leven.'

'Hoelang is dat geleden?'

'Voordat hij met mij was.'

'En die Monica heb jij net hier in het centrum zien lopen.'

'Honderd procent zeker.' Nadia had geknikt om haar woorden kracht bij te zetten. Ze had ze ook gemeend. Ze mocht dan wijn hebben gedronken en Monica slechts van een afstandje hebben gezien, er was geen twijfel mogelijk. Een tijdje geleden had ze Kaia, een presentatrice bij de commerciële omroep, elke week opgemaakt voor haar zondagavondshow. Monica was de medepresentatrice geweest en hoewel Nadia haar niet goed kende, had ze haar in de visagieruimte vaak genoeg van dichtbij gezien. Haar hoekige kaaklijn en dikke, bruine haar dat een beetje elastisch leek te zijn – als visagist viel haar oog op dat soort dingen – had Nadia nog goed op haar netvlies. Precies die kaaklijn en dat haar had ze net gezien voor Monica om de hoek van het kleine straatje was verdwenen.

'Was ze op de bruiloft?' had de rechercheur gevraagd.

Nadia had haar hoofd geschud, ook al wist ze dat Amélie Duchen zelf het antwoord kende. Die had immers de gastenlijst gezien en met alle gasten gepraat. 'Dat zou ook vreemd zijn', had Nadia nog toegevoegd. 'Leila kan haar niet luchten of zien, al kennen zij en Monica elkaar voor zover ik weet niet persoonlijk. Maar Leila kan geen enkele ex van Bram verdragen.'

De rechercheur had haar veelbetekenend aangekeken. 'Ze weet niet van mij en Bram', had Nadia gezegd met het gevoel dat ze iets stiekems moest opbiechten.

Nadia opende haar ogen weer. De rechercheur was bijzonder moeilijk te peilen, maar toch meende Nadia ergens in haar blik iets te hebben gezien. Een lichtje, een zweem van opwinding – meer was het niet. Zelf had ze moeite te bedenken wat Monica hier in Zuid-Frankrijk deed. Het kon zelfs toeval zijn, al geloofde Nadia daar niet echt in. Toevallig was een van Brams exen hier op vakantie terwijl hij hemelsbreed vijf kilometer verderop in een groot kasteel zijn jawoord gaf? Monica kon vast wel leukere vakantiebestemmingen bedenken.

Moeizaam kwam ze overeind. In de badkamer stelde ze vast dat de douche lauw was en de straal miezerig, maar toch voelde ze zich enigszins verkwikt toen ze eronder vandaan kwam. Het was tien uur 's avonds en ze had te veel gegeten om echt trek te hebben en te weinig om als avondmaaltijd te tellen, maar het laatste waar ze zin in had, was om weer de straat op te gaan. In plaats daarvan kroop ze tussen de lakens, die een beetje kraakten en vaag naar wasmiddel roken, en sloot haar ogen weer. Terwijl haar gedachten nog steeds ronddraaiden en ze zich duizelig voelde, viel ze al snel in een onrustige slaap.

Hoofdstuk 8

HET WAS EEN KOUD KUNSTJE GEWEEST, ALS Amélie Thibaud mocht geloven. Hij was een van haar jongere collega's en razend slim met digitale opsporing. Binnen tien minuten had hij het telefoonnummer van Monica la Salle achterhaald, maar helaas bleek de telefoon uitgeschakeld te zijn. Misschien door het vroege tijdstip: Thibaud had haar voor halfnegen 's ochtends al proberen te bellen. In plaats van af te wachten of ze een uurtje later misschien wakker zou zijn, had hij er een project van gemaakt om te achterhalen in welk hotel ze verbleef. Na zes keer had hij beetgehad, nog eens vijf minuten later had hij een verbaasde Monica aan de telefoon, die beloofde zich meteen te melden bij het politiebureau. Nu zat ze tegenover Amélie in een kort, wit zomerjurkje dat met kant was afgezet, gouden sandaaltjes en haar dat weliswaar snel in een staart was gebonden, maar dat desondanks danste zoals Amélies haar nog nooit had gedanst en waarschijnlijk ook nooit zou dansen. Het viel niet te ontkennen dat Monica la Salle oogverblindend mooi was.

'Is er iets wat ik kan doen?' vroeg ze. Haar voorhoofd was gefronst, haar lippen ietsje getuit.

Amélie glimlachte. Meestal deed ze dat ter geruststelling. Een gerustgestelde gesprekspartner praatte immers vaak makkelijker. Maar gek genoeg leek Monica la Salle niet nerveus te zijn. 'Zoals je weet zijn we bezig met het onderzoek naar de dood van Bram Hopman', zei Amélie.

Monica knipperde even en knikte kort. Er gleed een schaduw over haar gezicht. 'Ik vind het zo verschrikkelijk. Voor Leila, ook.'

Amélie ging er niet op in. 'Ik moet zeggen dat het ons verbaasde dat jij momenteel in Frankrijk bent, in de buurt van de trouwlocatie. Je was niet uitgenodigd, toch?'

Ze schrok niet, ze aarzelde zelfs niet eens. In plaats daarvan trok Monica alleen even met haar mond. 'Ik begrijp dat dat misschien vreemd overkomt voor de buitenwereld, omdat Bram en ik al een hele tijd uit elkaar waren. Maar wij...' Ze zweeg even en leek haar woorden weloverwogen te kiezen. 'Het leek wel of Bram en ik altijd verbonden waren, wat er verder ook in ons leven gebeurde. We waren niet gemaakt om onze levens te delen, maar we konden elkaar ook niet loslaten. Onze zielsconnectie bracht ons altijd weer naar elkaar.'

Amélie liet die woorden even op zich inwerken. Ze klonken alsof ze thuishoorden in een tijdschriftartikel over verloren liefdes, misschien een zelfhulpboek voor verloren liefdes. Voor een politierapport moesten ze echter een stuk concreter worden. 'Bedoel je dat jullie een affaire hadden?'

Monica staarde haar aan. 'Zo zou ik het niet willen noemen.'

'Hoe dan wel?'

'Zoals ik het zei: een zielsconnectie.' Ze ging verzitten. Om haar lippen speelde een lachje, maar haar blik was zo triest dat haar hele gezicht pijn uitstraalde. Amélie had gelezen dat Monica actrice was en ze was daarom op haar hoede, maar de gevoelens leken oprecht.

Monica leunde iets naar voren. 'Bram was geen man om een relatie mee te hebben', zei ze op een toon die vertrouwelijkheid in zich had. 'Ik benijdde Leila niet. Het leek allemaal een droom, die bruiloft, hun liefde...' Monica snoof even en schudde haar hoofd. 'Maar ondertussen hadden Bram en ik nog altijd contact.'

'Wat bedoel je met "contact?"'

'Nou, gewoon. Dat we verbonden zijn. Geestelijk. En in ons hart.'

'Niet lichamelijk.'

Monica trok even met haar mond. 'Jawel. Dat ook.'

'Je bedoelt seks.'

'Ja.' Monica haalde diep adem. 'Eens in de zoveel tijd belde hij me en dan hadden we een leuke avond. Maar het was niet alleen maar seks, we konden ook uren praten. Ik zie mezelf ook als een soort coach voor hem.'

'Een coach?'

'Ja, hij was zoekende. En ik probeerde hem te helpen. Ik geloof echt dat hij veel had aan mijn adviezen. Dat zei hij althans.'

'Wat zocht hij dan?'

'Gewoon...' Ze haalde kort haar schouders op. 'Het leven. Liefde.'

'Liefde?'

'Is er iemand die daar niet naar zoekt?'

Amélie bewoog haar hoofd. 'Hij ging trouwen. Liefde gevonden, zou je denken.'

'Zo eenvoudig ligt dat niet.'

'Was Bram gelukkig?'

Dat leek Monica een moeilijke vraag te vinden. Ze dacht lang na over het antwoord. 'Wat is geluk?' vroeg ze uiteindelijk.

Amélie, niet in voor een discussie rondom dat vraagstuk, haalde kort haar schouders op. 'Zeg jij het maar, jij kende hem.'

'Als geluk betekent dat je bent aangekomen op een plek in je leven waar je wil zijn en dat je daarin rust hebt gevonden, dan was Bram niet gelukkig.' Monica dacht even na. 'Maar dan zou Bram nooit gelukkig zijn geworden. Hij had altijd de onrust. Ook met Leila.'

'Hield hij van haar?'

'Vast wel, Bram hield van heel veel mensen.'

Amélie liet die woorden even op zich inwerken. 'Wat deed je eigenlijk in Frankrijk?' vroeg ze toen, alsof de vraag net bij haar opkwam en niet in hoofdletters bovenaan haar lijstje stond. 'Ik heb je naam niet op de gastenlijst gezien.'

Monica keek haar aan met een peilende blik. 'Natuurlijk niet', zei ze toen. 'Leila is geen fan van me.'

'Weet ze van jullie?'

'Vanuit het verleden, ja. Niet dat Bram en ik nog steeds contact hebben.'

'Maar wat kwam je dan doen?'

'Hij belde me. Hij wilde me zien voor hij ging trouwen, zei hij. Toen ben ik in het vliegtuig gestapt. Nog één keer, zei hij.'

Amélie trok haar wenkbrauwen op. 'Wilde hij ermee stoppen dan?'

'Nee.' Er gleed weer een lachje over Monica's gezicht. 'Ik geloof niet dat hij die intentie had. Maar het hele trouwen leek hem aan te grijpen.'

'Op welke manier?'

'Nou ja, gewoon...' Monica plukte met twee vingers aan haar oorbel. 'Het is toch een stap, dat vond Bram ook wel. Hij had er ook zin in. Maar hij was niet van plan om daarna iets aan zijn leven te veranderen.'

Amélie liet haar pen heen en weer gaan tussen haar vingers. 'Sinds wanneer ben je hier?'

'Ik ben twee dagen geleden aangekomen. Bram kwam naar mijn hotel en daarna moest hij snel terug, er was van alles dat gerepeteerd en doorgesproken moest worden, zei hij.'

Amélie bladerde in Brams telefoongegevens. Ze had het nummer van Monica er al in opgezocht, maar gek genoeg had ze het niet gevonden.

'Hij belde me nooit op dat nummer', zei Monica. 'Ik heb een aparte telefoon voor hem. Hier.' Ze wees een nummer aan dat ze blijkbaar op de kop had zien staan. 'Dat ben ik.'

'Waarom heb je een aparte telefoon voor hem?'

'Omdat ik hem graag gescheiden hield van de rest van mijn leven. Ik wilde niet bang moeten zijn dat hij me zou bellen als ik met anderen ben. Of dat hij een bericht zou sturen dat iemand anders dan per ongeluk zou lezen.'

'Je zou verwachten dat hij een tweede telefoon nodig had, niet jij.'

'Bram?' Monica grinnikte. 'Over zulke dingen dacht hij niet eens na. Hij ging er gewoon van uit dat het niet uit zou komen. En zo wel, dan moest Leila maar haar conclusies trekken.'

'Zou ze dat hebben gedaan?'

Over die vraag moest Monica een tijdje nadenken. Amélie had niet de indruk dat de kwestie haar al eerder had beziggehouden. Uiteindelijk haalde de vrouw haar ranke schouders op. 'Eerlijk gezegd ken ik Leila niet, dus ik kan niet zeggen wat zij wel of niet zou doen. Bram en ik hadden het nooit over haar.'

Amélie leunde achterover. Het kostte haar moeite om hoogte te krijgen van Monica la Salle. 'Hoe hoorde je dat hij was overleden?'

Monica sloeg haar blik neer. 'Ik kreeg allemaal appjes en toen ging ik zelf op internet kijken.' Ze schudde haar hoofd. 'Het was zo bizar om te lezen. Ik heb hem zelfs nog gebeld, alsof het niet waar zou zijn. Of alsof ik het wilde checken of zo, heel vreemd.' Ze keek Amélie aan. 'Stom, hè?'

'Het kan best even duren voordat zulk groot nieuws echt binnenkomt.'

'Ja.' Monica had haar oorbel losgelaten en plukte nu aan de punt van haar paardenstaart. Ze ging verzitten en haalde diep adem. Het leek of ze iets wilde zeggen, maar uiteindelijk sloot ze haar mond weer. Amélie wachtte af. De meeste mensen hielden niet van stiltes. Ze werden er ongemakkelijk van. En ongemakkelijkheid was wat ze nodig had.

'Hij belde me nog', zei Monica inderdaad toen de stilte zwaar en drukkend begon te worden. 'Tijdens zijn huwelijksnacht, zeg maar. Hij wilde me zien.'

Amélie fronste. 'O?'

'Ik lag al te slapen, maar ik heb me aangekleed en ben naar hem toe gegaan. Hij was dronken en hij had een hoofdwond. Tegen een deur gelopen, zei hij.'

Amélie moest moeite doen om haar cynisme niet uit haar blik te laten spreken.

'Ik geloofde hem natuurlijk niet, maar ik vroeg niet hoe hij aan die wond kwam. Hij zei dat hij seks wilde, hij had zelfs al een kamer geregeld. Gekraakt, eigenlijk, geen idee hoe hij het had gedaan, maar bij de receptie mochten ze het niet weten. Hij leek wel een klein jongetje dat iets stouts ging doen.'

'Hebben jullie...'

Monica schudde haar hoofd. 'Bram was flink dronken, en bovendien...' Ze staarde langs Amélie. 'Toen ik bij hem was, had ik er een beetje spijt van dat ik was gekomen. Normaal gesproken kwam hij bij mij thuis en leek zijn leven met Leila ver weg. Maar nu...' Ze trok haar mond tot een streep. 'Om het nu met hem te doen in het kasteel waar hij een paar uur eerder was getrouwd, tijdens de huwelijksnacht...' Ze schudde haar hoofd. 'Dat ging me te ver, denk ik. Ik voelde me er niet goed bij. Bovendien vind ik dronken mannen niet aantrekkelijk en Bram had echt veel op.'

Amélie, die tot nu toe niet veel sympathie voor Monica had gevoeld, glimlachte bij die laatste zin.

'Ja', zei Monica, die de verandering meteen opmerkte. 'Toen ik dat zei werd hij vervelend, maar ik ben weggegaan.'

'Waar sprak je hem?'

Monica keek op. 'Hij stond me buiten op te wachten, voor de deur. Het was een mooie nacht en hij had bedacht...' Ze haalde diep adem. 'Bram verzon wel vaker van die gekke dingen.'

'Wat had hij bedacht?'

'Om het buiten te doen.'

Amélie was er na al die jaren bij de recherche goed in om haar gezicht volledig neutraal te houden als dat nodig was. 'Werkelijk', zei ze, half als opmerking, half als vraag.

'Ja.' Monica fronste. 'Normaal gesproken ben ik ook overal voor in, maar dit...'

'Hoe reageerde hij toen je wegging?'

'Hij zei dat hij teleurgesteld was en dat ik hem toch wel wat meer kon gunnen in zijn huwelijksnacht. Eerlijk gezegd had ik verwacht dat hij me nog wel zou bellen of appen nadat ik weg was gegaan, maar dat deed hij niet. En toen hoorde ik de volgende ochtend...' Ze slikte hoorbaar. 'Nou ja, wat er was gebeurd.'

Amélie hield haar hoofd schuin. 'Hij probeerde je niet tegen te houden? Hij kwam niet achter je aan?'

Ze monsterde de vrouw nauwgezet. Monica beet op haar bovenlip en schudde haar hoofd. 'Nee, dat gebeurde niet. Ik liep weg en hij bleef daar.'

'Wat is er volgens jou daarna gebeurd?'

Dit deed ze niet vaak en Amélie was er ook geen voorstander van om met getuigen of verdachten een potje te gaan speculeren. Ze vroeg het ook niet omdat ze verlegen zat om nieuwe ideeën of rammelende theorieën, maar ze wilde weten hoe het werkte in het hoofd van Monica la Salle. Jarenlang een af-en-aan-affaire met een bezette man, maar gewetenswroeging krijgen tijdens diens huwelijksnacht – wat zei dat?

'Ik weet het niet', zei de vrouw. Er gleed iets triests over haar gezicht. 'Ik wilde dat hij die nacht gewoon bij Leila was gebleven. Ik geloof niet zo in trouwen en zo'n hele huwelijksceremonie, maar als je er dan toch voor kiest, ga er dan ook helemaal voor. Dat hij me belde tijdens die nacht vond ik...' Ze zocht een paar seconden naar het juiste woord en toen ze dat niet vond, schudde ze haar hoofd. 'Nou ja, het maakt ook niet zoveel uit wat ik daarvan vond. Er zijn vast ook genoeg mensen die iets vinden van wat ik al een hele tijd met hem doe.'

'Zijn er zoveel mensen die ervan afweten?'

'Figuurlijk, bedoel ik. Die iets vinden van vrouwen zoals ik.'

'Is dat het antwoord op mijn vraag?'

Monica fronste. 'Ik weet niet tegen wie Bram het allemaal heeft verteld. Niet veel mensen, denk ik. Hij zou een hoop gedoe hebben gehad als het uitkwam.'

'Denk je dat zijn dood iets met zijn overspel te maken heeft?'

Monica keek geschrokken. 'Met mij, bedoel je? Jeetje, dat hoop ik niet.' Ze legde haar handen voor zich op tafel en staarde ernaar. 'Het is ook helemaal niet logisch. Wie vermoordt Bram nu omdat hij iets met mij had? Je kan daar best boos om zijn, maar moord...'

'Ja', zei Amélie. 'Dat is nogal wat.'

Monica knikte een paar keer. 'Kan het niet gewoon een ongeluk zijn? Ik bedoel, hij was echt dronken. Hij kan gevallen zijn. We waren niet ver van die vijver.'

Amélie gaf niet echt antwoord. 'Wie weet. Vooralsnog houden we een groot aantal opties open.'

Monica keek op haar horloge. 'Kan ik gaan? Ik moet mijn koffer nog inpakken en de taxi...'

'Waar ga je naartoe?'

'Naar huis.'

'Ik heb liever dat je in de buurt blijft. Voor het onderzoek.'

'Maar ik...' Voor het eerst leek Monica echt te schrikken. 'Word ik ergens van verdacht dan?'

'Je bent een van de laatste mensen die hem in leven hebben gezien. Je bent belangrijk voor het onderzoek.'

'Maar ik heb een vlucht...' Ze ving de blik van Amélie. 'Ik zal proberen die te verzetten.'

'Dank je.' Amélie keek naar Monica's handen en knikte in die richting. 'Mooie ring.'

Snel verborg Monica de smalle gouden ring met fonkelende edelstenen onder haar andere hand. 'Dank je', zei ze mompelend en stond snel op. 'Laat me weten als ik nog iets kan doen.'

Amélie keek Monica na toen ze wegliep, kaarsrechte rug, hoge hakken. Ze keek niet om. Amélie liet haar pen heen en weer gaan tussen haar vingers. In gedachten speelde ze de grote lijnen van het gesprek opnieuw af. Er was weinig concreets gezegd. En tegelijkertijd juist zoveel.

Amélie liet niet merken dat ze een beetje schrok toen ze Leila zag. Ze zag eruit als een spook, een flatteuzere beschrijving was er eigenlijk niet. Amélie ging tegenover haar zitten aan een gietijzeren tafeltje onder zo'n mooie, oude moerbei. In een andere setting zou ze zeker de tijd hebben genomen om alles te bewonderen. Nu keek ze naar Leila en glimlachte kort, en wilde ze dat ze eindelijk eens nieuws had dat ze kon delen.

'We proberen nog steeds om de tijdlijn van Brams laatste uren compleet te maken', zei ze, toen Leila vroeg hoe het onderzoek vorderde. 'We zijn inmiddels een heel eind.'

Leila, die eerder had verklaard dat Bram bij haar op de kamer was, maar dat zij in slaap was gevallen en pas 's ochtends had ontdekt dat hij weg was, zei: 'Jullie hebben geen idee wie hem heeft vermoord, hè?'

Amélie gaf geen antwoord.

'Ik snap het wel. Het is ook wel vaag allemaal. Dat hij 's nachts onze kamer heeft verlaten, dat hij rondhing op het dakterras, dat er blijkbaar iemand bij hem was.'

Nog steeds zei Amélie niets. Het verbaasde haar dat Leila dit wist, terwijl ze de informatie uit het onderzoek juist zo min mogelijk deelden. Dat was altijd van groot belang om een politieonderzoek zo zuiver mogelijk te laten verlopen.

'Er wordt hier natuurlijk heel veel gepraat', zei Leila, als om de vraag te beantwoorden die Amélie niet stelde. 'Ik weet dat iemand van het personeel 's nachts een vrouw op de gang heeft gezien. En ik weet ook dat Bram op het dakterras is geweest.' Ze liet een kort snufje horen. 'Ik ben natuurlijk niet achterlijk. Niemand gaat midden in de nacht naar een dakterras om van het uitzicht te genieten.'

Amélie had Leila's eerdere verklaring niet alleen zelf opgenomen, ze had hem daarna ook nog vaak nagelezen. Leila had gezegd dat ze na het feest samen naar hun kamer waren gegaan, allebei behoorlijk dronken. En dat ze daar meteen in slaap waren gevallen, de huwelijksnacht ten spijt.

Leila staarde langs Amélie naar iets dat blijkbaar achter haar gebeurde. 'Die vrouw...' Nu keek ze de rechercheur weer aan. 'Wie was dat?'

Amélie likte aan haar lippen. 'Het spijt me.'

'Het onderzoek', zei Leila met lichte irritatie in haar stem. 'Ik begrijp wel dat jullie niets kunnen zeggen, maar het is zo frustrerend allemaal.'

'Ja, ik weet... Excuseer me.'

Dat laatste zei ze met een spijtig gezicht toen haar telefoon ging. '*Oui?*'

Het was Thibaud. 'We hebben het document met de huwelijkse voorwaarden van de notaris van Bram en Leila ontvangen. Op het eerste gezicht staat er niet veel bijzonders in. Was je op zoek naar iets specifieks?'

Amélie schudde kort haar hoofd. 'Nee, laat maar. Ik wilde het gewoon gecheckt hebben.' Ze keek even naar Leila en stond op om het gesprek buiten haar gehoorafstand voort te zetten. 'Zou je iets anders voor me willen nakijken alsjeblieft?'

Het fijne aan Thibaud was dat hij geen onnodige vragen stelde, maar gewoon aan de slag ging. Binnen een minuut zat Amélie weer tegenover Leila.

'Ging dat over Bram?' vroeg Leila.

'Het ging over het onderzoek.' Amélie ging verzitten. Leila gaf geen antwoord. Amélies blik bleef hangen aan haar handen. 'Mooie ring', zei ze met het gevoel dat ze in een déjà vu terechtgekomen was.

'Dat is mijn trouwring', zei Leila, en haar stem begon alweer te trillen. 'Bram heeft hem voor me uitgezocht, helemaal alleen. Dat wilde hij graag en ik vond het goed, want ik weet dat hij een geweldige smaak in sieraden heeft.' Ze liet een klein piepje horen. 'Had, bedoel ik.'

Amélie keek nogmaals naar het sieraad, alsof de schoonheid ervan haar bijzondere belangstelling had. 'Hij is echt prachtig. Is dat diamant?'

'Saffier.'

Amélie knikte een paar keer en wierp er nog een blik op. 'Echt heel mooi.'

'Iedereen vond hem zo prachtig', zei Leila, starend naar haar eigen vinger. Daarna haalde ze diep adem. 'Ik hoop gewoon dat het allemaal snel voorbij is. Dat degene die dit heeft gedaan gewoon nog rondloopt, is onverteerbaar.'

Amélie knikte en stond op. 'Ik laat het je weten als er ontwikkelingen zijn.'

In de auto terug naar het bureau belde ze Thibaud. 'Ik denk dat we iets over het hoofd hebben gezien.'

Hoofdstuk 9

'DUCHEN', ZEI AMÉLIE TOEN ZE IN EEN REFLEX haar telefoon opnam, amper wakker. Ze knipperde een paar keer en zag op de digitale klok naast haar bed dat het iets voor halfzeven in de ochtend was. Haar collega Florian klonk alsof hij al uren fris achter zijn bureau zat, wat Amélie het vreemde gevoel bezorgde dat ze zich had verslapen.

'Goed nieuws', zei Florian. 'Heel goed nieuws.'

'Wat dan?' Amélie had de deken al teruggeslagen en was onderweg naar de badkamer voor een snelle douche, wetend dat met zo'n telefoontje de dag onherroepelijk was begonnen. Met haar telefoon tussen haar oor en schouder geklemd, smeerde ze tandpasta op haar borstel.

'De telefoon van Bram maakt contact met een zendmast. We zijn op dit moment bezig hem uit te peilen.'

Amélie stokte even. Van alles wat ze had verwacht, stond dit niet hoog op de lijst. 'Waar dan?'

'Dat is het interessante. Ik kan het je laten zien op de kaart.'

'Ik kom eraan', zei Amélie, waarna ze de verbinding verbrak.

Nadia had geaarzeld. Bijna had ze de oproep weggedrukt, maar dat kon eigenlijk niet. 'Hé', zei ze, toen ze met schorre stem opnam. 'Ik wilde je al bellen.'

Dat was niet waar, ze had Leila niet willen bellen. Wel had ze met haar geappt. Dat was veiliger, met meer afstand. Eerlijk gezegd moest Nadia er niet aan denken om Leila te spreken, laat staan tegenover haar te zitten. Ze zou haar niet vertellen wat er die nacht tussen haar en Bram was voorgevallen. Maar ze kon ook niet doen alsof het niet was gebeurd.

'Hé.' Leila's stem klonk zwak.

Nadia begon te babbelen. Over hoe erg ze het vond en dat ze zo met Leila meeleefde. Ze hoorde haar eigen stem maar doorgaan, woorden rolden uit haar mond. Het hele gesprek sloeg nergens op, als een slecht toneelstuk.

'Kom alsjeblieft vanmiddag langs', zei Leila. 'Ik zit hier maar te wachten... Ik zou het fijn vinden als je me gezelschap zou houden.'

'Ja', zei Nadia, terwijl alles in haar zich verzette. 'Ja, natuurlijk. Tot straks.'

Toen ze had opgehangen, belde ze meteen een ander nummer. Niet nadenken, haar toezegging nog even van zich afschuiven. 'Hé lieverd', zei ze, toen haar dochter de telefoon opnam, al had Nadia haar moeder gebeld. 'Hoe gaat het?'

'Oma heeft pannenkoeken gebakken voor het ontbijt.'

'O, wat heerlijk. Oma is er maar druk mee, al die pannenkoeken. En hoe...'

'Wanneer kom je naar huis, mama?' Ze hoorde de angst in de stem van haar dochter. 'De politie gaat je toch niet opsluiten?'

'Natuurlijk niet, schat. Mama is hier om de politie te helpen, dat weet je toch? Ze willen graag dat iedereen die op de bruiloft is geweest helpt.' Ze slikte een paar keer en tot haar eigen verbazing lukte het haar om haar stem heel geruststellend te laten klinken. 'Ik kom naar huis zodra het kan.'

Toen ze had opgehangen, trilde alles aan haar. Haar handen, haar benen. Hoe moest ze vanmiddag Leila onder ogen komen? Wat voor toneelstuk moest ze daar opvoeren? Niet alleen haar eigen ontmoeting met Bram moest ze voor zich houden, ook de aanwezigheid van Monica was bij Leila niet bekend. Nadia boog haar hoofd en masseerde haar slapen met de vingers van haar beide handen. Het liefst wilde ze in bed kruipen en de dekens over haar hoofd trekken. Maar ze moest door. Nog even.

'Dit is de cirkel', zei Florian, wijzend op de kaart. 'In dit gebied bevinden zich vooral winkels, restaurants en hotels. En dan één hotel in het bijzonder.'

Hij tikte met zijn nagel op de kaart, maar eigenlijk was dat al niet meer nodig. Amélie had het zelf al gezien. 'Interessant', zei ze, terwijl ze een blik met haar collega wisselde. 'Ik denk dat het goed is om daar even naartoe te gaan.'

'Er staat al een auto klaar.'

Amélie volgde haar collega naar de uitgang, maar werd onderweg staande gehouden.

'Sorry', zei Thibaud, die met een stapeltje papieren aan kwam lopen. 'Heb je even?'

Amélie keek aarzelend naar de deur. 'Eigenlijk niet.'

'Heel kort. Dat wat jij zei over die bankrekening, dat bleek nog interessant te worden.'

'Twee minuten.' Amélie gebaarde vluchtig naar Florian, die knikte. Daarna ging ze Thibaud voor naar een lege vergaderruimte. Hij sloot de deur achter hen.

'Kijk', zei hij, toen hij de prints voor haar op de tafel uitspreidde. Met zijn pen wees hij een bedrag aan. 'Dit zijn de afschriften van Brams rekening. Ik heb gekeken of hij veel geld heeft uitgegeven bij een juwelier, zoals jij vroeg. En dat blijkt inderdaad het geval. De eerste keer ging het om tweeduizend euro, zo'n acht maanden geleden. De tweede keer is het bedrag een stuk hoger: bijna vijftienduizend euro.'

Amélie floot zacht tussen haar tanden. 'Ik ben benieuwd naar de bonnetjes.'

'Heb ik.' Thibaud haalde een ander printje tevoorschijn. 'Ik heb even gebeld. De juwelier zei dat Bram de eerste keer de verlovingsring heeft gekocht en de tweede keer twee trouwringen. Waarbij zijn eigen ring ongeveer drieduizend euro kostte en die van Leila zo'n twaalfduizend. Maar daar zit dan ook een stevige hoeveelheid saffier in.'

'Een verlovingsring', herhaalde Amélie, terwijl ze niet alleen naar de bon keek, maar ook naar de foto die de juwelier op Thibauds verzoek had gemaild. 'Weten we daar iets over?'

'Het was de invulling van de juwelier dat Bram met de eerste ring Leila ten huwelijk had gevraagd. Bram heeft hem dat niet zelf verteld.'

Nee, dacht Amélie. Logisch dat Bram niet met de juwelier had besproken wat zijn werkelijke bestemming voor die ring was. Ze keek Thibaud aan. 'Hebben de media over die trouwring geschreven?'

Hij haalde kort zijn schouders op. 'Op de dag van de bruiloft zijn er allerlei artikelen op internet verschenen, maar ik weet niet of het specifiek over de ring gaat.' Hij begon al in de richting van zijn computer te lopen. 'Ik ga het checken.'

Amélie knikte en verliet vlug de ruimte. 'Sorry', zei ze tegen Florian, die een handgebaar maakte om haar excuus weg te wuiven. 'Laten we gaan.'

Tegen de tijd dat Nadia de lange oprijlaan naar het kasteel op reed, wist ze eigenlijk al niet meer waarom ze had toegezegd om naar Leila te gaan. Haar hoofd voelde aan alsof ze een kater had, ze wilde hier sowieso nooit meer komen en ze had eigenlijk ook geen idee wat ze kwam doen. Maar toen Leila had aangedrongen, had ze zich verplicht gevoeld om toch maar naar haar toe te gaan.

Het kasteel lag stil te baden in het zonlicht. Toen Nadia uitstapte, vulde een zoete bloemengeur haar neusgaten. De lucht was warm en zwaar en vanuit de struiken klonk luid gezoem. Het knerpen van het grind onder haar voeten klonk veel te storend.

Net toen ze Leila wilde bellen om te vragen waar ze was, ontdekte Nadia een slanke gestalte, iets verderop. Nadia mompelde iets onverstaanbaars tussen haar gesloten lippen door, toen ze zich realiseerde dat Leila aan de rand van de kasteelvijver stond. 'Hé', zei ze toen ze binnen gehoorafstand was, en ze beantwoordde Leila's omhelzing. Ze wilde iets zeggen, maar alles klonk stom. 'Gaat het?' vroeg ze uiteindelijk, hoewel ze zelf het antwoord wel kon raden.

'Tja...' Leila maakte een handgebaar dat van alles kon betekenen. Het viel Nadia op dat ze nog dunner was dan gebruikelijk, en ze was al zo rank. Nu oogde Leila ronduit mager, met ingevallen wangen en grote wallen onder haar ogen. 'Het gaat', zei ze uiteindelijk. 'Een beetje.'

'Jeetje, nou...' Nadia wilde dat ze met iets beters kon komen, maar de woorden lieten haar opnieuw in de steek. 'Het is natuurlijk ook verschrikkelijk.' Ze keek vluchtig naar het water, maar wendde haar blik snel af. 'Weet de politie al iets meer?'

Ze wist dat de recherche Leila niet zou vertellen over Nadia's nachtelijke ontmoeting met Bram. Dat had Nadia expliciet gevraagd. Anders zou ze hier niet zijn gekomen. Amélie Duchen op haar beurt had Nadia verzocht vooralsnog niets over de aanwezigheid van Monica la Salle te zeggen.

'Zullen we een stukje gaan lopen?' vroeg ze, omdat ze weg wilde bij de vijver.

Leila stemde in en ze namen het pad dat door de voortuin en de zijtuin naar het gazon achter het kasteel leidde. Een paar keer keek Nadia omhoog.

'Hij is daar nog geweest', zei Leila, die Nadia's blikken opmerkte.

Nadia knikte een paar keer. 'O.'

'Maar hij is niet gevallen. Dat hebben ze onderzocht.'

Nadia keek met een ruk opzij. 'Hoe bedoel je?'

'Hij is vanaf de grond in het water geduwd of gevallen, en daar is hij verdronken doordat iemand hem onder water heeft geduwd.'

Nadia floot even tussen haar tanden. Hoe afschuwelijk de verdrinking ook was, ze voelde ook een enorme opluchting. Eerder had ze het gevoel gehad dat de politie de optie dat Nadia hem had geduwd, niet uitsloot. Maar nu bleek uit hun eigen onderzoek dat zij hem sowieso niet geduwd kon hebben.

'Wat heftig', zei ze, omdat ze niet goed wist hoe ze anders moest reageren. 'Hebben ze al een idee wie...'

'Nee.' Leila keek opzij. 'Jij?'

'Wat, ik?'

'Heb jij een idee?'

'O...' Nadia voelde haar hart bonzen. Dit hele gesprek bezorgde haar de zenuwen. 'Nee, geen idee. Ik kan het sowieso nog steeds niet geloven. Ik bedoel, hij was zo aardig en...'

Leila knikte een paar keer achter elkaar. Toen pakte ze Nadia's arm. Haar vingers voelden vreemd koud op Nadia's verhitte huid. 'Kom mee, ik wil je iets laten zien.'

'O nee...'

Amélie moest toegeven dat Monica la Salle haar schrik met grote overtuiging speelde, al had ze van een actrice misschien ook weinig anders kunnen verwachten.

'Dus degene die Bram heeft vermoord, is misschien wel in dit hotel.' Monica huiverde zichtbaar, Amélie zag zelfs kippenvel op haar armen. De vrouw sloeg haar blik neer. 'Misschien gek om te zeggen, maar ik heb de hele tijd al zo'n gevoel dat het ook met mij te maken heeft. Dat er misschien iemand achter is gekomen dat Bram en ik...'

Amélie was niet in de stemming voor omwegen. 'Waar is die telefoon, Monica?'

'Wat?' Monica's ogen werden groot. 'Hoe bedoel je?'

'De telefoon van Bram is aangezet en wij hebben de locatie kunnen uitpeilen. Hij bevindt zich in dit hotel.' Dat was niet helemaal waar, zo nauwkeurig was die peiling niet. Ze moesten het hebben van de zendmast waarmee verbinding was gemaakt, de gps van de telefoon zelf was niet ingeschakeld. Maar Amélie voelde er weinig voor om Monica op de hoogte te stellen van zulke details.

'Ik had wel dood kunnen zijn', zei Monica. 'Stel dat de moordenaar er ook op uit was om mij...'

'Monica', zei Amélie. 'Laten we elkaar niet voor de gek houden. Er is geen andere moordenaar, er is in dit hotel maar één persoon die die telefoon heeft.'

Monica kneep haar ogen samen. Het was of Amélie het kwartje letterlijk kon zien vallen. 'Nee', zei de vrouw en ze begon wild met haar hoofd te schudden. 'Nee, echt niet. Ik heb die telefoon niet.'

Florian had inmiddels de technische recherche opgeroepen. 'Ik neem aan dat je er geen bezwaar tegen hebt als we even zoeken?' vroeg hij, toen er twee extra collega's binnenkwamen. Monica keek met open mond toe. Amélie had al geprobeerd het nummer van Bram te bellen. Hij ging over, maar ze hoorde niets in de kamer. Natuurlijk niet, Monica was heus wel slimmer dan dat.

Ze schreef het nummer over op een briefje en gaf dat aan een van de twee technisch rechercheurs. 'Momentje', zei een van hen, en ze rommelde in haar koffer waar met donkerblauwe blokletters 'Recherche' op stond. Amélie wist wat haar collega zocht. Dit was de reden dat ze hun komst bij Monica niet hadden aangekondigd. Als de telefoon weer werd uitgezet, zouden ze met hun meter geen signaal oppikken.

'Denken jullie echt dat ik iets te maken heb met de dood van Bram?' vroeg Monica, wier stem nog altijd ongelovig klonk. 'Kom op nou... We hadden wel iets, maar ik zou nooit... Ik bedoel, ik hield van hem.'

Amélie kon nu van alles vertellen over geliefden en ex-geliefden die ondanks relaties en liefdes tot de bloederigste moordpartijen in staat waren, maar ze zei niets. Haar collega van de technische recherche drukte op een knop op haar telefoon en las daarna de zoekapparatuur uit. Ze opende de kledingkast en legde een stapeltje opzij. Toen haalde ze een zwarte iPhone tevoorschijn met een frivool hoesje eromheen.

'O...' Monica begon te lachen. 'Wat een misverstand. Dat is mijn telefoon.'

Amélie zocht het nummer van Bram op en belde het opnieuw. Het scherm van de telefoon lichtte meteen op. Amélie knikte een paar keer. 'Laten we deze maar even meenemen.'

Monica staarde naar de grond. 'Ik heb er niets mee te maken', zei ze, wel drie keer achter elkaar. Amélie knikte naar Florian, die Monica voorzichtig bij haar arm pakte. 'Kom, dan breng ik je naar de auto', zei hij.

Een halfuur later, op het bureau, keek Amélie haar collega Thibaud ongeduldig aan. 'Weten ze al iets?'

Thibaud schudde zijn hoofd. 'Ze zijn ermee bezig, echt. Maar ze hebben even tijd nodig.'

Amélie snoof. Natuurlijk begreep ze dat de collega's van de digitale afdeling niet op stel en sprong allerlei informatie uit de telefoon van Monica la Salle en de simkaart van Bram Hopman konden trekken, maar toch had ze moeite haar ongeduld te verbergen. In de verhoorkamer zat Monica te wachten en Amélie wilde haar graag met nieuwe informatie voor het blok zetten. Al wist ze dat ze misschien te veel hoop had. Nu Monica al had verklaard dat ze die nacht Brams telefoon had meegenomen omdat ze een paar dingen wilde checken, waarna ze de simkaart eruit had gehaald en het toestel een paar uur later volledig had gesloopt, was de hoop op het achterhalen van Brams whatsappberichten vervlogen. Die stonden opgeslagen op het verloren gegane toestel, niet op zijn simkaart. Desondanks kon die kaart interessante informatie bevatten, en sowieso was het gegeven dat hij in Monica's bezit was, een grote doorbraak. Het gegeven dat Monica zelf haar volledige whatsappconversatie met Bram had gewist, was ook iets dat Amélie graag met de vrouw wilde bespreken.

'Amélie?' Dat was Florian. 'Kom je?'

Amélie wierp nog een blik op Thibaud en knikte toen. 'Wil je het laten weten als er meer bekend is?'

Thibaud knikte en Amélie volgde Florian naar de verhoorkamer. Monica leek kleiner geworden, misschien doordat ze wat ineengedoken zat. Ze keek op toen Amélie binnenkwam, maar zei niets.

'Als je wil, mag je een advocaat bellen. Als je geen advocaat hebt of er geen kunt betalen, kunnen wij er eentje voor je laten komen.'

Monica keek op. De verbijstering in haar ogen leek oprecht. 'Ik hoef geen advocaat.'

'Oké.' Amélie ging zitten. 'Dan willen we graag met je praten.'

Het gesprek verliep moeizaam. Monica beweerde dat ze de telefoon had meegenomen toen ze Bram die nacht springlevend achterliet, ze wist zelf eigenlijk niet waarom. En toen hij dood was, durfde ze hem niet terug te geven. Stom ja, dat zag ze nu ook wel in. Ze had hem vandaag pas ingeschakeld en zich niet gerealiseerd dat de politie ook de simkaart kon traceren. Maar verder had ze er niets mee te maken, dat herhaalde ze wel vijf keer. Amélie knikte elke keer opnieuw, maar ging daar niet op in.

Na een korte klop op de deur ging die open zonder dat Amélie had geantwoord. Thibaud kwam binnen, legde een dunne map voor Amélie neer en verdween weer. Terwijl Florian het gesprek voortzette, bladerde Amélie door de papieren. Ze voelde Monica's blik op zich gericht, maar liet niets blijken. Ook niet van de opwinding die als een langzame stroom door haar heen ging.

Amélie knikte in de richting van de ring van Monica. 'Hoe kom je daar eigenlijk aan?'

Monica leek even van haar stuk gebracht door de plotselinge vraag. 'O...' zei ze, en ze staarde naar het sieraad alsof ze het voor het eerst zag. 'Van mijn moeder gekregen.'

'Hij komt me bekend voor.'

'Je hebt er de vorige keer ook al iets over gezegd.'

'O ja.' Amélie knikte. 'Grappig. Het lijkt alsof ik hem ook op internet heb gezien.'

Monica zei niets. Amélie liet de stilte voortduren. Florian zat er volslagen ontspannen bij. Amélie bewoog haar hand om een papier uit het stapeltje van Thibaud te pakken. Over de tafel schoof ze het naar Monica. 'Kijk nou, dat is toch net een kopie van jouw ring? Met een andere steen erin, dat wel.'

Ze zag Monica haar ogen sluiten. Slikken. Haar aandacht op de geprinte foto richten. Haar reactie bepalen. 'Zou kunnen', zei Monica alleen maar.

Amélie verwachtte half dat dit het moment was dat Monica, nadat ze het aanbod eerder had afgewezen, om een advocaat zou vragen. In plaats daarvan schoof ze het papier van zich af. 'Van wie is die ring?'

'Vertel jij het ons maar. Het is een screenshot van een internetsite.'

'Ik heb geen idee.'

'We hebben het in jouw telefoon gevonden. En wij weten allebei dat dit de hand van Leila is. Kijk, hier hebben we het origineel.' Amélie pakte een ander vel, waarop het artikel was afgedrukt waarin de ring werd beschreven. Er stond een foto bij van Bram en Leila, net na hun trouwceremonie. Het screenshot in Monica's telefoon was een uitsnede uit diezelfde foto.

'Deed het pijn?' vroeg Amélie. 'Dat hij eerst jou vroeg en een paar maanden later aan Leila's vinger een ring schoof die wel een beetje op die van jou lijkt, maar vijf keer zo duur is?'

Ze zag Monica verstrakken. 'Ik weet niet waar je het over hebt.'

'Jawel, Monica. Dat weet je wel.'

Opnieuw viel er een stilte. Monica zat als verstijfd, Amélie wachtte rustig af. Uiteindelijk klonk er een hoog geluid, kermend. Het duurde even voor Amélie doorhad dat Monica huilde. 'Hij had het mij beloofd.' Er gleed een traan over Monica's wang naar beneden. 'Die ring... Hij zei dat ons moment nog zou komen en dat hij me een ring gaf, zodat ik altijd zou weten dat het uiteindelijk goed zou komen. De ring was speciaal voor mij, zei hij. Niemand anders was zoveel waard.' Ze schudde met haar hoofd, net even te wild. Haar haar vloog om haar heen. 'En toen zag ik die foto van Leila's ring en...' Er kwam een geluid uit haar keel dat nog het meest op iets van een dier leek.

'En wist je dat hij nooit voor jou zou kiezen', maakte Amélie die zin af.

'Ze schreven dat hij meer dan tienduizend euro voor die ring heeft betaald.'

'Dat klopt.'

'De mijne kostte een schijntje vergeleken daarbij.'

'Hoe weet je dat?'

'Ik ben niet achterlijk. Ik heb het certificaat dat erbij zat aan een juwelier laten zien en die heeft de waarde voor mij geschat.'

'Wanneer heb je dat gedaan?' vroeg Amélie, verwonderd dat Monica dat zo snel had geregeld in een vreemd land.

'Gewoon.' Monica knipperde een paar keer. 'Toen ik hem had gekregen.'

'Ah', zei Amélie en liet het onderwerp verder voorbijgaan. Van Monica's kant was liefde blijkbaar ook niet het enige fundament onder de relatie, of wat daarvoor door moest gaan.

'En dan ook precies dezelfde ring uitzoeken', zei Monica. 'Maar dan vijf keer zo duur.'

'Dat moet pijn hebben gedaan.'

'Ja.' Monica keek op. 'Maar ik heb hem niet vermoord. Dat zou ik nooit doen.'

Maar in haar blik had Amélie iets gezien. Het eerste scheurtje. De rechercheur knipperde een paar keer en sloeg haar armen over elkaar. Ze staarde Monica aan tot die haar blik neersloeg.

'Leila, ik...' Nadia bleef aarzelend bij de deur staan. Leila had haar meegenomen naar het dakterras, maar alles in Nadia verzette zich. 'Moet dit echt? Ik voel me hier niet zo prettig bij.'

'Waarom niet?' vroeg Leila, die voortvarend naar de rand liep. 'Te veel herinneringen?'

'Zoiets.'

'Jammer dan. Ik heb ook veel herinneringen. En geen prettige. Je moet dit maar gewoon even voor me doen.' Ze keek om zich heen. 'Ik weet dat je hier met Bram bent geweest. Waar stonden jullie nu precies?'

Nadia schrok. Had de politie haar verhaal dan toch aan Leila verteld? Ze zette een stap naar voren en haar voeten leken een paar kilo zwaarder te zijn geworden. De warmte omringde haar als een deken en ze knipperde tegen het felwitte zonlicht. 'Daar', wees ze. 'Daar bij de rand.'

'Kom', zei Leila en ze liep naar de aangewezen plek. 'Wees eens duidelijk. Ik mag toch wel weten waar Bram de laatste minuten van zijn leven was?'

Nadia sloot haar ogen. Ze slikte iets zuurs weg in haar keel. Alles in haar protesteerde, verzette zich, wilde vluchten. Leila keek om. Nadia huiverde van de kou in haar blik. Toen Leila sprak, klonk haar stem gejaagd. 'Waar blijf je nou? Je bent toch zo stoer? Zo doortastend? Wel waar het op mijn man aankwam. Dan moet je nu ook niet moeilijk doen.'

'Ik weet niet waar je het over hebt. Ja, ik ben hier met Bram geweest, maar er is niets gebeurd. We hebben gepraat en toen ik wegging leefde hij nog.' De gal bleef in haar keel branden. 'Als je soms denkt dat ik hem heb vermoord... Dat heb ik niet gedaan.'

In een paar passen stond Leila weer naast haar. Nadia zag haar neusvleugels trillen toen Leila haar gezicht heel dicht bij dat van Nadia bracht. 'Is dat zo, Nadia?'

Het volgende moment slaakte Nadia een kreet toen Leila haar vingers als klemmen om Nadia's armen sloot. Ze was verrassend sterk. 'Weet je wat ik denk?' zei ze, toen ze Nadia in de richting van de rand duwde. Nadia maakte een piepend geluid. Leila praatte gewoon door. 'Ik denk dat jij glashard tegen mij liegt. Ik denk dat jij wel iets met Bram had en ik denk ook dat jij hem hebt vermoord. Want als jij hem niet kon krijgen, dan mocht niemand hem, toch? En zeker ik niet.'

'Leila, dat is...' Nadia zocht naar het sterkste woord dat ze kon verzinnen, maar ze kwam niet verder dan: 'Dat is onzin. Ik wilde niets met Bram. Ik heb niets met zijn dood te maken. Ik hoopte dat hij gelukkig was met jou, en dat hij mij met rust zou laten.'

Leila duwde nog een stukje verder. Nadia gilde toen ze het stenen hek van het dakterras raakte. 'Nee!' schreeuwde ze, en Leila trok haar een klein stukje terug.

'Ik geloof helemaal niets van wat jij zegt', zei ze in haar oor, zacht en met opeengeklemde kaken. 'Jij hebt zijn en mijn leven verwoest en daar zul je voor boeten. Je hebt gegokt, Nadia. En je hebt verloren.'

Nadia sloot even haar ogen. Ze haalde diep adem en verzamelde haar kracht. Het volgende moment dwong ze zichzelf met alles wat ze in zich had om terug te vechten. Leila was kleiner dan zij, en magerder. Ze kon haar de baas. Zonder nog langer na te denken, haalde ze uit.

Een brandende pijn leek haar arm te verlammen. Zonlicht viel precies op het lemmet van het mes, en weerkaatste in haar ogen. Leila had haar losgelaten. 'Jij gaat nergens heen, Nadia', zei ze nu, en ze hield het mes dicht bij Nadia's gezicht. Nadia keek vluchtig naar haar arm, waar het mes haar vlees had geraakt. Een straaltje bloed sijpelde vanaf haar bovenarm naar beneden. Ze keek weer naar Leila. Twee staalharde ogen staarden haar aan.

'Nee', hijgde Nadia. 'Nee, alsjeblieft. Ik heb er niets mee te maken. Leila, please...' Ze voelde tranen over haar wangen glijden. Leila staarde nu langs haar, naar het punt daar beneden, in die enorme diepte.

'Denk aan Romée', smeekte Nadia, die naar achteren week, maar de omheining raakte. Leila bewoog haar mes naar voren, Nadia duwde zichzelf tegen het stenen hekje. Bijna struikelde ze, ze voelde een doffe pijn in haar rug.

'Dat is toch prachtig', zei Leila, haar stem hard en verbeten. 'Dat je liefje en jij nu in dezelfde vijver aan hun einde komen.'

'Monica was hier', zei Nadia in een ultieme poging om Leila tot staan te brengen. 'Monica heeft Bram nog gezien 's nachts. Zij hebben al die tijd iets gehad. Niet ik, zij. Dat moet je geloven.'

'Je liegt', zei Leila. 'Je bent zelfs nog te laf om het gewoon toe te geven.'

Ze bewoog het mes naar voren, het vlijmscherpe staal lag nu tegen Nadia's keel. De huid eronder stond strakgespannen. Nadia piepte en smeekte, maar Leila reageerde niet. Vaag drong het geluid van een ringtoon tot Nadia door, maar haar hersenen lieten niets anders door dan de enorme paniek die met een spoor van vuur door haar heen trok.

'O kijk nou', zei Leila, na een blik op de telefoon. 'Dat is toevallig. Kom, dan kan je meteen even vertellen hoe het echt zit. Als je eerlijk tegen de politie bent, kom je er misschien nog levend vanaf.'

Nadia begreep niet wat er gebeurde, toen Leila ineens haar telefoon op de bovenkant van de omheining legde, waar de ingeblikte stem van Amélie Duchen uit klonk. 'Ik ben hier met iemand die iets te vertellen heeft', riep Leila, terwijl ze met ijzeren kracht Nadia tegen het hek duwde. 'Iemand die iets wil bekennen.'

'Leila?' vroeg de rechercheur. 'Wat bedoel je? Ik ben onderweg naar jou. We hebben de dader gevonden.'

'Ik ook!' Leila's woorden klonken bijna krijsend. 'Ik heb haar hier. Ze gaat nu vertellen wat ze heeft gedaan.'

Brandende pijn in haar rug ontlokte Nadia een nieuwe kreun. 'Zeg dan', zei Leila.

De stem van de rechercheur klonk verwonderd. 'Ik weet niet waar je het over hebt. Wat ik wel weet, is dat Monica la Salle zojuist de moord op Bram heeft bekend.'

Nadia dacht dat ze het niet goed had verstaan. Leila was even van haar stuk gebracht en voor een kort moment verslapte haar greep. 'Leila?' vroeg Amélie Duchen. 'Hoor je mij?'

Leila greep het toestel. 'Wie is dat?'

'Monica la Salle, dat is een ex van Bram. Weet je, ik ben over tien minuten bij jou, dan vertel ik je precies wat ik weet.'

'Niet ophangen!' schreeuwde Nadia. 'Blijf alsjeblieft aan de lijn.'

Maar Leila was al weggerend, het terras af. De deur viel met een klap achter haar dicht. Nadia liet zich op de grond glijden en sloeg haar handen voor haar ogen. Alles in haar lijf deed pijn en ze begon onbedaarlijk te huilen.

Epiloog

'MAMA!' NADIA HAD DE AUTO NOG NIET EENS goed en wel stilgezet, toen Romée het portier al opentrok. Het volgende moment vloog haar dochter haar om de nek. Nadia ademde scherp in en probeerde niet te laten merken hoeveel pijn de omhelzing haar gehavende lichaam deed. Ook al voelde dat aan alsof het in brand stond, ze had het er meer dan voor over. De armen van Romée om haar nek, de vertrouwde geur van haar kind die ze nu opsnoof, het was alles wat ze nodig had.

'Hé, lieverd', zei haar moeder, toen ze was uitgestapt. 'Gaat het?'

'Ja', zei Nadia zo opgewekt mogelijk. 'Prima.'

'Kom mee, mam. Oma en ik hebben cupcakes gebakken.' Voor haar uit huppelde Romée naar binnen. Nadia's moeder hield haar dochter even staande. 'Gaat het echt?'

Nadia keek nog even of Romée echt buiten gehoorafstand was voor ze antwoord gaf. 'Alles doet pijn', zei ze. 'Maar ik heb niets gebroken. Ze hebben me in het ziekenhuis helemaal nagekeken. Dat op mijn arm is alleen maar een oppervlakkige wond en die blauwe plekken genezen wel weer.'

'Waarom ben je nou zelf dat hele eind teruggereden? Romée en ik hadden je kunnen komen halen.'

Nadia glimlachte een beetje. Jono en Sebas hadden ook aangeboden om met haar mee terug te rijden, zodat ze konden afwisselen. Maar Nadia had het aanbod afgeslagen.

'Het ging wel, ik heb rustig aan gedaan. Ik vond het eigenlijk wel prettig, die uren om na te denken. Een beetje verwerken.'

'Nou', zei haar moeder, en ze sloeg haar arm om haar dochter. 'Dat zal nog wel even wat tijd kosten, denk ik. Hoe voel je je nu?'

'Fysiek gebutst, en mentaal eigenlijk ook', zei Nadia. 'O, wat heerlijk!' Dat laatste was bedoeld voor Romée, die trots haar cakejes kwam presenteren.

De uren daarna liet Nadia zich onderdompelen in de heerlijke aanwezigheid van haar kind. Ze belde even met Jono en Sebas en daarna met wat andere goede vrienden, die allemaal bezorgd wilden weten hoe het ging. Nadia was blij dat de media geen weet hadden van wat er op het dakterras was gebeurd, want dan zou ze vast nog veel meer telefoontjes krijgen. Ze hoopte dat het zo zou blijven. Niemand schoot er iets mee op dat dit gedeelte van het verhaal ook nog eens breed werd uitgemeten. De media zaten er al zo bovenop, nu de politie de bekentenis van Monica naar buiten had gebracht op een persconferentie.

Nadia had er niet naar gekeken. Ze wist al wat er gezegd zou worden. Ze kende ook de delen van het verhaal die niet werden verteld. Amélie Duchen had haar alles verteld. Hoe Monica die nacht inderdaad naar Bram was gegaan. Hoe hij haar had overgehaald seks met hem te hebben, en toen per ongeluk Leila's naam had genoemd. Hoe Monica daardoor was doorgeslagen en hem had geconfronteerd met de ringen. Hetzelfde model, soortgelijke beloftes – 'Wij horen voor altijd bij elkaar', scheen hij gezegd te hebben toen hij Monica de hare gaf, ruim een halfjaar voor de bruiloft. Maar blijkbaar was Leila hem veel meer waard en dat had Monica verblind van woede en verdriet. De verwisseling van de naam was de druppel geweest, al had Amélie gezegd dat Monica het anders misschien ook wel had gedaan. Blijkbaar was ze in haar hoofd al behoorlijk ver heen geweest, was het jarenlang de tweede viool spelen bij de man die zij als de liefde van haar leven beschouwde, zo onder haar huid gaan zitten dat ze niet meer normaal kon nadenken. Nadia had dit tijdens de lange uren op de snelweg tientallen keren door haar hoofd laten gaan, maar begrijpen deed ze het niet.

Nadat ze 's avonds Romée naar bed had gebracht en een tijdje naast haar dochter had gelegen, ging ze bij haar moeder in de keuken zitten. Daar noemde haar moeder de naam van Leila voor het eerst. 'Maar als je er niet over wil praten, snap ik dat natuurlijk ook', zei ze er meteen bij.

'Nee', zei Nadia. 'Het is oké. We kunnen het er wel over hebben.'

Toen ze haar moeder nog eens vertelde wat er precies was gebeurd, klonk het allemaal nog veel meer alsof het niet over haarzelf ging. Hoe Leila blijkbaar dingen aan elkaar was gaan leggen en tot de conclusie was gekomen dat Nadia degene moest zijn die die nacht over de gang had gelopen. Hoe ze vervolgens verder was gaan denken en zichzelf helemaal had verloren in een theorie. Hoe ze Nadia had uitgenodigd om haar uit te horen, maar eigenlijk was doorgeslagen. Nadia wilde graag dat ze kon zeggen dat Leila het uiteindelijk niet zou hebben gedaan. Dat ze, wanneer ze daadwerkelijk Nadia over de rand kon duwen, teruggekrabbeld zou zijn. Maar daar was Nadia allerminst zeker van.

Ze had overwogen om aangifte te doen. Hoe gruwelijk de situatie van Leila ook was, hoe begrijpelijk haar frustratie, ze was natuurlijk veel te ver gegaan. Maar uiteindelijk had Nadia besloten het niet te doen. Ze wilde door. Alles laten rusten. Leila nooit meer zien.

'Ik vind het groots van je', zei haar moeder. 'In jouw plaats zou ik wraak willen nemen.'

'Er is niemand zo zwaar gestraft als Leila', zei Nadia. Ze keek vluchtig naar haar telefoon, waarvan het scherm oplichtte. Ze glimlachte toen ze de naam van de afzender van het berichtje zag.

'Wat ga je nu doen?' vroeg haar moeder. 'Je moet echt goed om jezelf denken. Als je hier een tijdje wil blijven met Romée, is dat natuurlijk prima.'

Nadia keek haar moeder aan. 'Dat is lief, maar het hoeft niet. Ik heb bedacht dat Romée en ik op reis gaan. Even eruit. Tot onszelf komen.'

'Waarnaartoe?'

Nadia pakte haar telefoon en las het berichtje. 'Kennelijk naar Sri Lanka.'

Ze voelde de verwonderde blik van haar moeder op zich gericht, maar negeerde haar terwijl ze Keith antwoordde. 'Het wordt tijd dat Romée haar vader weer eens ziet', zei ze en legde haar telefoon aan de kant. De verbazing op haar moeders gezicht deed haar ondanks alles in de lach schieten.

Thrillers van Linda van Rijn

27. *Provence*
26. *Zandvoort aan Zee*
25. *Familiediner*
24. *Bloedkoraal*
23. *Strandslag*
22. *Ibiza Club*
21. *Zoutelande*
20. *Costa Brava*
19. *Bestemming Bonaire*
18. *Zomernacht*
17. *Casa Ibiza*
16. *Winterwereld*
15. *Zomerhuis*
14. *Winterzon*
13. *Zeezicht*
12. *De Jaarclub*
11. *Vive la France*
10. *Ski Resort*
9. *Voetbalvrouwen*
8. *Villa Toscane*
7. *Off Piste*
6. *Viva España*
5. *Winter Chalet*
4. *Vakantievrienden*
3. *Blue Curaçao*
2. *Piste Alarm*
1. *Last Minute*

Colofon

© 2021 Linda van Rijn en Uitgeverij Marmer BV

Redactie: Karin Dienaar
Omslagillustratie: Shutterstock.com | Feel good studio
Omslagontwerp: Riesenkind
Zetwerk: V3-Services v.o.f.
Druk: Wilco

Eerste druk juni 2021

ISBN 978 94 6068 470 8
E-ISBN 978 94 6068 738 9
NUR 305

Niets uit deze uitgave mag verveelvoudigd en/of openbaar gemaakt worden door middel van druk, fotokopie, microfilm, of op welke wijze dan ook, zonder voorafgaande schriftelijke toestemming van Uitgeverij Marmer BV.

Uitgeverij Marmer BV
De Botter 1
3742 GA BAARN
T: +31 649881429
I: www.uitgeverijmarmer.nl
E: info@uitgeverijmarmer.nl

@lindavanrijnthrillers
@lindavanrijnthrillers